丁华民 编

中华智谋全书

三环出版社

图书在版编目（CIP）数据

中华智谋全书 / 丁华民编 . -- 海口：三环出版社（海南）有限公司，2025.3. -- ISBN 978-7-80773-560-1

Ⅰ . I247.8

中国国家版本馆 CIP 数据核字第 2024Q0V32 号

中华智谋全书

ZHONGHUA ZHIMOU QUANSHU

编　　者	丁华民
责任编辑	郑俊云
责任校对	张华华
封面设计	韩　立
责任印制	万　明
出版发行	三环出版社（海口市金盘开发区建设三横路 2 号）
	邮　　编 570216　　邮　箱 sanhuanbook@163.com
出 版 人	张秋林
印刷装订	三河市华成印务有限公司
书　　号	ISBN 978-7-80773-560-1
印　　张	12
字　　数	170 千字
版　　次	2025 年 3 月第 1 版
印　　次	2025 年 3 月第 1 次印刷
开　　本	720 mm×1000 mm　　1/16
定　　价	48.00 元

版权所有，不得翻印、转载，违者必究

如有缺页、破损、倒装等印装质量问题，请寄回本社更换。

联系电话：0898-68602853　　0791-86237063

前言

中华民族是一个长于思辨、善于筹谋的智慧民族,翻开五千年文明史,你会发现,从古至今,无论是帝王将相,还是凡夫俗子,无不倚重智谋去用心、斗智、出奇、弄巧,以达到预想的目的。大到一个国家、一个民族,为了求生存、谋发展,必须使用智谋;小到个人的为人处世、事业发展,也都离不开筹划。从统军作战到治国兴邦,从科技发明到企业经营,从决策应对到说服巧辩,无时无处不展现着智谋的力量。一条妙计,可以赢得一场战争;一番谋划,可以拯救一个国家;一丝灵感,可以揭开一桩谜案;一个点子,可以成就一个奇迹;一句妙对,可以化解一场纠纷……

中华智谋是中华文化中不可或缺的重要组成部分,是我们取之不尽、用之不竭的宝贵财富,甚至对塑造整个中华民族的性格也起了很大的作用。运筹帷幄之中,决胜千里之外,一个高明的智谋所起的作用无法以物质和金钱来衡量。一部中国历代社会发展史,也是一部智谋的创造史和实践史，处处闪烁着智慧的光芒。在现代社会生活中，大到国家的政策、战略，小到人际交往，莫不与智谋休戚相关。虽然智谋并不是可以套用的公式，也不是放之四海而皆准的绝对真理，但读一些历史和现实中的智谋故事，却可以启发我们的悟性，开拓我们的思维与眼界，进而启迪智慧，增长才干，增强应变能力。

这本《中华智谋全书》包括断案卷、政治卷、军事卷、经营卷、说辩卷、巧女卷、慧童卷、民间卷八部分，举凡古今优秀的智谋故事无不尽量收录，涉及社会生活的方方面面，从多个角度清晰、完整地呈现了中华谋略文化的全貌。上下几千年，纵横数万里，战场、商场、官场、情场——世事如棋，均有所披露；奇事、奇情、奇计、奇谋——纵横捭阖，俱包容其中。其中既有大智慧、大谋略，也有小才辩、小智巧；既有驭下、奉上、对敌、交际等方面的真谛，也有上智、察智、胆智、兵智、语智、捷智、闺智、杂智等各方面的精髓；故事中的人物既有王侯将相、文人名士，也有农工学商、仆妇僧童等。

现代社会的发展日新月异，各种各样的竞争越来越激烈，很多人都在羡慕那些取得巨大成功的赢家，事实上，在任何方面取得成功的人，都不过是做出了科学的决策，想出了正确的方法，采取了合理的行动而已，说白了，就是多运用了一些智谋罢了。当你汲取了更多的智慧谋略方面的营养，并将其运用到你的人生实践中去，相信你离成为赢家的日子已经不远了。

目录

断案卷

苏秦死后擒刺客…………2
张敞计捉众小偷…………3
薛宣割绢巧断案…………4
周纡和死人说话…………5
庄遵欲擒故纵计…………6
王敬则罚贼扫街…………7
李惠拷打羊皮计…………8
李崇巧计破疑案…………9
高谦之擒诈马贼…………10
杨津智擒黑衣贼…………11
柳庆智断盗金案…………12
巧用凶徒治盗贼…………13
御史智破诬告案…………14
刘崇龟查刀破案…………15
狄仁杰破杀夫案…………16

袁滋称金巧破案…………18
赵和智破诈骗案…………19
阎济美水中捞银…………20
李杰智识通奸案…………21
张齐贤断家务事…………22
包拯智破纵火案…………23
陈襄巧计破窃案…………24
徐县官巧计辨盗…………25
张公巧破自诬案…………26
程戡破杀母奇案…………27
高昉验布纠冤案…………29
范纯仁识破伪供…………30
李南公验伤识伪…………31
胡颖机智灭"蛇神"…………32
宋日隆诘童雪冤…………33

政治卷

荀息借道取虞虢……………36
郑武公笑里藏刀……………37
州鸠力谏周景王……………38
公子小白诈死计……………38
秦穆公羊皮换贤……………39
史疾论名实治国……………40
申叔时救陈保楚……………41
石碏假手救国计……………42
国君以城换罪犯……………43
郈成子智算国运……………43
士会死谏救统帅……………44
子产不拆毁乡校……………45
晏婴一日三谏君……………46
卫士巧言谏吴王……………48
专诸刺杀吴王僚……………49
薛公献礼荐王妃……………49
邹忌论美谏齐王……………50
季梁劝魏王息战……………52
甘茂巧谏秦武王……………53
范雎远交近攻计……………54
苏秦义激张仪计……………56
苏代巧言得高都……………57
蔺相如渑池挫秦……………58
毛遂自荐说楚王……………59

军事卷

曹刿长勺论战术……………62
栾枝尘土惑敌军……………63
孙膑减灶诱敌人……………65
王翦以逸待劳计……………66
陈胜鱼狐兴兵计……………67
郦食其智取陈留……………69
韩信木罂渡军计……………70
纪信舍身救汉王……………71
陈平白登解围计……………72
李广阵前空城计……………74
赤眉军豆子诱敌……………75
廉范无中生有计……………76
虞诩示强惑羌军……………77
杨璇石灰火马阵……………78
太史慈练箭迷敌……………79
孙坚笑退几万兵……………81
袁绍计取冀州城……………82
刘备撤围诱敌军……………83

经营卷

- 吴蕴初自研味精 …………… 86
- 祥生妙用电话号 …………… 87
- 宣传梅兰芳之计 …………… 88
- 冠生园巧销月饼 …………… 89
- 巧借政事做广告 …………… 89
- 范旭东的碱之战 …………… 90
- 酒厂的巧妙广告 …………… 91
- 奇设医药股之计 …………… 92
- 世界书局的薄利 …………… 92
- 熊猫玩具换包装 …………… 92
- 钟华生空手筹款 …………… 93
- 巧借总统扬名计 …………… 93
- 古玩店开业贵卖 …………… 94
- 大酒家海鲜特价 …………… 94
- 开发亚运旗之计 …………… 95
- 竺成汉善于掉头 …………… 95

说辩卷

- 召公劝谏周武王 …………… 98
- 邓析与死尸买卖 …………… 99
- 鸱夷子皮反为主 …………… 100
- 颍考叔妙解黄泉 …………… 100
- 长生不死的秘法 …………… 101
- 孔子绵里藏针计 …………… 102
- 老子孔子论刚柔 …………… 102
- 子贡妙喻孔夫子 …………… 102
- 宰人认罪得免祸 …………… 103
- 马夫巧言劝农夫 …………… 104
- 宋玉反嘲登徒子 …………… 105
- 屈谷嘲隐士田仲 …………… 105
- 吴使善辩免死罪 …………… 106
- 晏婴下棋妙谏君 …………… 107
- 墨子妙言劝楚王 …………… 108
- 虎会巧谏赵简子 …………… 109
- 伍子胥智过昭关 …………… 110
- 苏代妙论鹬蚌斗 …………… 110
- 公孙龙反诘妙计 …………… 111
- 许绾阻造中天台 …………… 112
- 翟璜的顺耳忠言 …………… 113
- 庄子的处世之道 …………… 113
- 燕昭王从善如流 …………… 114
- 雍门周引人悲伤 …………… 115
- 齐人智谏靖郭君 …………… 116

巧女卷

齐姜醉夫为大业……118
楚庄王爱姬荐才……119
陶妻远虑苦劝夫……120
鲁班妻子的高招……122
吴妃子撒盐得宠……123
孟轲之母明大义……123
赵母上书揭儿短……125
齐后巧解玉连环……125
杨夫人当机立断……126
贤德母亲的预言……127
吕母杀县令复仇……127
王章贤德的妻女……128
赵夫人巧做幔帐……128
阮氏的先见之明……129
辛宪英多思善断……130
陶侃母截发留宾……131
庚友妻为夫求情……132
前秦皇后劝息战……132
刘三娘与兄猜谜……133
长孙皇后巧引典……134
杨贵妃剪发赠君……135
侯敏妻子的主见……136
智劝父皇的公主……137
刘晏女儿的见识……137
谢小娥智斩强盗……138
李母鞭儿息事端……139
杜太后拒贺教子……140

慧童卷

远见卓识小芶贾……142
子骞深情感继母……143
鲍童智辩田贵人……144
孟尝君巧辩难父……145
甘罗十二岁出使……146
汉武帝少年判案……148
汉昭帝识破骗局……148
张汤设堂审老鼠……149
彭修拒盗救父亲……150
张衡发明浑天仪……150
华佗拜师解难题……151
郑玄壮志成大家……152
徐孺子中秋说月……153
杜安的远见卓识……153
孔融奇辩胜大官……154
诸葛亮巧对老师……155
崔瑗门上留佳诗……156
荀攸心细察凶犯……157

苍舒逗山鸡跳舞……158	孙亮辨蜜中鼠屎……162
吴祐止父抄经书……159	太子孙登比弹丸……163
曹冲机智救库吏……160	张俨做客赋犬诗……163
诸葛恪歪答歪问……161	陆绩少时议国事……164

民间卷

治化道人去蝇计……166	皇帝宰相考郑堂……172
藏王使臣禄东赞……166	徐渭百文买一桃……173
鲁智深隔河尝果……167	丘蒙放炮毁甘蔗……174
五两纹银一张纸……168	毕矮买十担膏药……175
米芾观画巧断案……169	安史明金汤解毒……175
朱丹溪两次催生……170	郑板桥惩人怪法……176
刘伯温稻草之计……170	庞振坤医治心病……177
解缙呈鱼上奏折……171	解士美巧骂财主……177
赵南星写状救民……171	纪晓岚巧胜刘墉……179

断案卷

苏秦死后擒刺客

故事发生在战国时代的齐国。

初夏的晚上,月白风清。苏秦正在书房里读书。忽然,从窗口闪进一个黑影,还没等苏秦叫出声来,一个蒙面人就已跃到眼前,扬起利剑直刺苏秦的胸膛。苏秦惨叫一声"救命啊!"就跌倒在椅子上。顿时,苏秦的卫士从四面围了上来,刺客来不及补上一剑,就慌忙返身跃出窗口。

苏秦遇刺,立即惊动了齐王。他闻报后,当即去看望苏秦。

要知道,苏秦是威震天下的著名人物。在战国时代,秦、齐、楚、燕、赵、韩、魏等七国称雄,而以秦国最为强大。洛阳学者苏秦曾到秦以外的六国去游说,倡议他们联合抗秦,于是六国共同封他为相。他在燕国住了较长一段时间,出了很多很好的计谋,很受燕王的重用。后来到了齐国,齐王也很信任他。齐国的许多大夫和苏秦争宠,最后竟派人去刺杀他。

齐王见苏秦身负重伤,痛恨交加地说:"我一定要捉到刺客,为先生报仇!"

苏秦喘着气说:"大王,请您不要乱杀人,要抓到真正的刺客呀!"

"你看清刺客的特征了吗?"

"他是蒙面的,我看不清,只知道他身材很高大。"

"光凭这一点怎么通缉刺客呢?"齐王很焦急。

苏秦说:"臣有一计……"说完,就与世长辞了。

齐王回到宫中，一些平时与苏秦争宠的大夫纷纷来到他面前，看他对苏秦之死抱什么态度。

齐王却恨恨地说："我方才明白，苏秦是燕国派来颠覆我国的奸细。现在要将他五马分尸，方能解我心头之恨！"齐王当即命令把苏秦的头和四肢分别拴在五辆马车上。一声令下，五辆马车向五个方向奔跑，顿时，苏秦的尸体被分为五个部分。

齐王刚要回宫，只见观看分尸的人群中挤出一个人来，自称是杀死奸细苏秦的刺客。齐王见他身材高大，就说："你把行刺的过程说说看。假如真是你杀的，寡人将重重赏你。"

那人叙说了一遍，跟齐王了解到的现场情况一致。齐王知道那人的确是刺客，立即命令拿下刺客，说："寡人若不按照苏秦先生临终献的计谋行事，你这亡命之徒怎会自投罗网啊！"

刺客方知上当，拔剑要刺齐王，周围的卫士们一跃而上，早把他剁成了肉酱。

张敞计捉众小偷

汉朝时，张敞出任京城的行政长官。当时城内小偷很多，扰得人心惶惶。晚上各家尽管闭窗紧门，但也无济于事。就连西域宾客的财物也时常失窃，严重影响了朝廷声誉。皇帝令张敞限期捉拿小偷。

张敞微服私访，从一些地方乡官那里了解到小偷的团伙有头领数人，他们靠不义之财筑高楼、建亭榭、置美器、纳丽妾，尽情享乐。张敞按照线索把头领全部召来。头领们自知罪行深重，个个磕头告饶，情愿把不义之财全部充公。

张敞捋须微笑道："你们只要协助官府捉拿众贼，立功自赎，非但既往不咎，而且还可补为小吏。"头领们听罢张敞的话，一个个惊喜不已。他们这回可是因祸得福、遇难呈祥了。可头领们又担心，一旦小偷们知道是自己供出他们，刑满释放后,他们肯定不会给自己好果子吃。张敞一番交代,顿时打消了头领们的顾虑。

头领们回到家,马上准备酒宴,各自邀请本门所有小偷聚餐。小偷们听说有好酒喝,一个个洗肠涤喉,准时赴宴,无一缺席。觥筹交错,杯盘狼藉,酒酣近醉,小偷们吆五喝六,个个自诩窃技高超、赃物颇丰。喝到后来,他们更是醉态百出。这时,小偷的头领们神不知鬼不觉地把红土染在他们的衣襟上。

喝得醉醺醺的小偷们离开头领家后,立即被吏卒们包围起来了。小偷们赶忙突围逃跑,可到了街上,马上就被捉住了。原来,小偷们衣襟上染的红土成了明显的标记,他们还不知吏卒是如何识破他们的呢。这天,官府共捕到数百个小偷。从此,长安市上警鼓稀鸣、市无偷盗。

薛宣割绢巧断案

西汉时,有个人带了一匹微黄的绢去集市上卖。不承想行至半途下起雨来。所处之地前不着村,后不着店,竟无避雨之地,此人只得把绢展开来遮雨。

雨越下越大。正在此时,远处奔来一人,衣服全湿透了,冷得浑身发抖,请求到绢下避雨。举绢者答应了。过了一会儿,雨止天晴。卖绢者正欲背绢赶路,却被后到之人一把拉住,说绢是他的。卖绢者大怒,于是他们争执起来。二人各不相让,竟大打出手。路人纷纷劝架,他俩仍争执不下。

此时,正巧郡太守薛宣坐轿经过,看热闹者见郡太守驾到,纷纷让道。那两人也停止了争吵。

薛太守问明缘由后说:"你们各有其理。那绢上可有记号?"

二人回答皆同。

薛太守叹了口气说:"这样吧,既然你们都说绢属于自己,又都不肯放弃,本官作个判决,不知你们可有异议?"两人点头同意。薛太守当即命手下拿出宝剑,将那匹绢一分为二说:"一人一半,免得再争。"

两人离去后，薛太守马上派人悄悄跟踪，听他俩说些什么。

盯梢的人一直跟到集市，只见一人碰到同村人，便满脸愤恨地诉说了刚才的遭遇，大骂郡太守是个糊涂官。另外一人手拿半匹绢，喜气洋洋地叫卖，价钱喊得还特别便宜。盯梢者立即将此事报告薛太守，薛太守下令将两人喊来。赖绢者见状，知已败露，只得老实承认，将绢交出，并得到了应有的惩处。

周纡和死人说话

东汉的周纡在任县官时，执法严明，不畏权势，深得百姓拥戴，可也得罪了不少官吏。

一天清晨，周纡闻报：附近一座寺院的门上挂着一具尸体，且手脚全无。周纡大惊。他治理此地数年，境内太平无事，连偷盗现象也很少见，今日忽冒出杀人大案，如何了得！

周纡立即赶至寺院，见那里早围了不少看热闹的人。他走上前去，果见一具血肉模糊的尸体挂在门上，手脚被砍。他吩咐众人散开，自己站在尸体旁细细察看，发现尸体的嘴边并无多少血迹，好似死去后才被砍去手脚的样子。

周纡见状，心中闪过一念，便装作与死尸谈话的样子，还不时点头。众人远远望着，觉得非常奇怪。半晌，周纡才命兵卒将尸体搬走，又对一个兵卒耳语了一番。

回到衙门，周纡便将众官吏召来，严肃地说："本官来此地多年，从来没有发生过如此严重的凶杀案，我要承担责任。此案如何破，本官已有眉目。刚才我已询问了死者，案情已基本掌握，马上可破。请各位稍等片刻便可揭开真相。"

众官吏心中暗笑：怎么能与死人谈话呢？

不多时，从外面跑进来一个兵卒，悄悄在周纡耳旁说了几句。周纡点点头，微微一笑说："各位注意了，此案已经水落石出，廷掾（官名）站出来。"

廷掾惶恐地走到大堂中央。

周纡道:"你很聪明。不过你要说清楚,为何要行此恶作剧。"

廷掾顿时面红耳赤,口中喃喃道:"小人不知大人所指何事。"

周纡脸色一板道:"你若不从实招来,便以杀人罪论处!"

廷掾知已闯大祸,只得招供:原来他以前在衙门内油水很足,可周纡上任后为官清廉、治下严厉,他对此耿耿于怀,便想找机会杀一杀周纡的威风。那天晚上,他下乡回城,见荒丘上有个新坟被盗墓者掘开,尸体被抛于荒野,被盗墓者砸得面目全非。他心生歹意,便将尸体装入随身所带的装稻子的空口袋。因尸体太大,无法装进,他便取刀将手脚砍去。进城后,他悄悄将尸体挂在衙门近处的寺院门上,伪造成凶杀的样子,想以此杀一杀周纡的威风。不想很快就被周纡识破。

原来,周纡当时观察尸体,发现稻芒和砍痕有异,便命兵卒到守城门的士兵处,询问昨夜有谁背口袋进城。士兵回答只有廷掾一人,因此周纡便认定是他所为。

庄遵欲擒故纵计

东汉时,扬州陵阳县发生一起杀兄案。

一天早晨,一个女子在房中揪住自己的小叔子,大呼小叫:"这可怎么得了啊!小叔子要强奸嫂子,把他哥哥杀死啦!"闻声来了许多看热闹的人。只见她的丈夫果然倒毙在血泊中,小叔子身上沾满了血迹,面无人色,语无伦次。

接着,这女子便到县衙告官。县官将其小叔子抓来,几个回合刑讯下来,小叔子就供认了:自己图谋奸嫂,杀了哥哥。同时又有满身血迹为证,他便立即被打入死牢。

扬州刺史庄遵,这天到陵阳县察访,正巧遇上此案。他问清了案子的来龙去脉后,便升堂重新审问凶犯。在堂上,先是女子照旧哭诉一番,然后庄遵问小叔子有什么可申诉的。

小叔子说:"我早起发现嫂子与别人私通,杀害了我哥哥,就闯进兄嫂的房间去捉奸。没想到一进房门就被嫂子揪住，她摸起我哥哥的血就往我身上涂抹，又喊又叫，诬赖我要奸污她便杀了哥哥。我一时气昏，有口难辩。县衙大堂，刑罚太狠，无法忍受，才招认了奸嫂杀兄，求青天大老爷做主。"

庄遵听罢，觉得案情并不简单，一时真伪难辨。于是当众宣布："这个小叔子真是大逆不道，应依法处置，先监禁起来，可将其嫂子放回。"然后，庄遵密令差役在半夜时分，潜藏在女子窗外墙下偷听。

当夜，果然有奸夫到来。他走进屋子就问："这位刺史大人审问小叔子后，有什么疑心吗？"

女子笑着说："一点疑心都没有。"说罢，两人大喜，嬉戏取乐。差役当即闯进屋去，将奸夫淫妇擒拿归案。小叔子总算免去一场杀身之祸。

王敬则罚贼扫街

南齐时期，王敬则刚任吴兴郡太守，地方上便接二连三有人来报盗窃案，弄得他很伤脑筋。处理了几桩案子后，他发现贼人有团伙，作案时彼此沟通、相互掩护，且大多为人数众多的盗贼集团所为。

一日，有家富户将一个小偷押至郡府。小偷对所犯之事供认不讳。当时的法律对小偷只能处罚，不能治罪。王敬则思忖了一下，便派人把小偷的亲属统统传到堂上。

众人到齐后，王敬则道："你们族中出了梁上君子，实乃长辈不教之过。本官将当着众人之面，好好教训他一下。"说完，王敬则命人将小偷带下，绑于柱上，叫衙役抽打一千鞭。抽至二百鞭时，小偷便呼爹喊娘直唤饶命，众亲属亦纷纷跪下求情。王敬则便叫衙役停止抽打，对小偷说："饶你可以，可得罚你公差。"

小偷忙点头答应道："小人再也不敢偷盗了，任何事都愿效劳，只求老爷开恩，别再鞭打了。"

王敬则说:"你行窃扰乱治安、危害百姓,现给你一个将功补过的机会,本官罚你长期打扫街道,做点公益之事。"

小偷怕再挨鞭打,只得应诺。从此,他每天清晨打扫街道。过了一段时间,他碰到王敬则,诚恳表示悔过,请求免掉此苦差。

王敬则道:"倘若你真有意悔过的话,本官可以赦免你。不过你必须检举出别的小偷来代替自己。"

小偷果真答应了。此事传出,城里的小偷人人自危,怕被认出,纷纷逃走。

李惠拷打羊皮计

南北朝时,北魏的雍州太守李惠某天审理了这样的案子:

有个盐贩子背着一口袋盐到雍州城去卖,半路上遇到了一个卖柴的樵夫。走了一段路,他们在一棵大树下一起休息。当他们站起来准备赶路时,却为铺在地上的一张羊皮争执起来。两人都说这张羊皮是自己的,最后竟打了起来。过路人把他们拉开,叫他们到太守李惠那里去告状。"去就去!"两人面红耳赤地赶到州府。

太守李惠让他们讲讲事情的前因后果。

背盐的抢着说:"这羊皮是我的,我带着它走南闯北贩盐,用了5年了。"

砍柴的也嚷道:"你好不知羞!竟要把我的东西说成是你的!我进山砍柴时总要披着它取暖,背柴的时候总拿它垫在肩上。"

两个人讲得头头是道,一时竟不能看出谁真谁假。

李惠对两人说:"你们先到前庭去一下,等一会儿就有审理结果了。"两人退下大堂后,李惠问左右差役:"如果拷打这张羊皮,能问出它的主人是谁吗?"差役觉得很奇怪,心中暗笑着不回答。李惠吩咐道:"把羊皮放在席子上,打它四十大板!"四十大板打过之后,李惠上前拎起羊皮看了看,说:"它果真吃不住打,已经招供了。"接着又喝道:"传他们上来!"

盐贩子和砍柴的上堂后，李惠说："羊皮已经招供了，说卖盐的是它的主人。"

砍柴的红着脸说："大人，羊皮怎么能说话招供？"

李惠指着散落在席上的盐屑说："那你自己看看吧。"

砍柴的知道无法再蒙骗了，只好认错。

李崇巧计破疑案

北魏时，定州（现属河北）有一对兄弟，名叫解庆宾和解思安，被朝廷判刑流放到扬州。弟弟思安为了逃避艰苦的劳役，在一个风雨之夜逃走了。哥哥庆宾害怕另外再承担弟弟的劳役，就冒认扬州郊外长江边的一具尸体是自己的弟弟，谎称弟弟被他人所害，他买了一块地埋葬了他。解庆宾还勾结城里一个姓杨的巫婆，叫她自称前几天夜里看见了鬼，是思安，谎说思安是被人勒死的，现在做了鬼整天整夜哭叫。接着，庆宾便诬陷和弟弟在一起的士兵苏显甫、李盖，说弟弟是被他们杀害的，告到了州府。

州府判官派人把苏、李两名士兵抓去审讯。两名士兵经不起严刑拷打，承认是他俩杀害了思安。将要了结此案时，扬州刺史李崇对此产生了怀疑。他秘密指派两位扬州城里无人认识的人，伪装成从外地来扬州，探望牢中的庆宾。

他俩见到庆宾后说："我们住在离此地三百里的地方，不久前的某晚，有一人路过我们村要求借宿，从和他的谈话中，我们发现他有可疑之处，便立即追问。他说自己是被州府判刑流放到扬州的犯人，刚从牢里逃出来，姓解名思安。当夜，我们把他绑在树上，要把他捉到官府去。他苦苦哀求，说：'我有一个哥哥叫庆宾，现住在扬州相国城内，如果你们有怜悯之心的话，请去一趟转告我哥哥。我哥哥重情义、讲义气，会变卖家产重谢你们的，现在把我留下当作人质好啦。如果见到我哥哥，通报了情况，却得不到酬金，到那时再送我进官府也不晚。'因此，我们不辞辛劳把消息报告给你。你打算出多少酬金谢我们？我们好赶回去，放你弟弟。"

庆宾顿时脸色发白，立即准备礼物重谢他们。两人拿着礼品火速回府，上报刺史李崇。

第二天一早，李崇派人到牢房提审庆宾。李刺史敲一下惊堂木喝问："大胆解庆宾，你的弟弟逃出牢房，你为何妄认别人的尸体做你弟弟？从实招来！"

庆宾见一旁有那两个"外地人"作证，只得认罪。

李崇重新把苏、李两位士兵带到法庭审问，两人承认是受不住棒打才招了假供。过了大约一个月，弟弟思安也被拘捕归案，投进牢房。李崇又派人到城里捉来与解庆宾串通一气的巫婆，鞭笞一百下，予以惩罚。

高谦之擒诈马贼

故事发生在北魏孝明帝孝昌年间。当时，河阴县的马市十分热闹。

一日正逢集市，赶集的人摩肩接踵、熙熙攘攘。人群中有个红脸汉子在马市上东溜西转，转到一位老者的马前。这是一匹枣红马，十分彪悍雄壮，众人均赞叹"好马"，只因老者开价太高而无人问津。那个红脸壮汉走上前去，十分挑剔地打量此马，然后与老者商议价钱。

老者见有热心买主自然高兴，可担心这人会被高价吓退，便道："此乃纯种蒙古马，日行千里。在下迫于无奈方肯出让，不知客官可出得起好价？"

那红脸汉子认真地说："只要马好，价钱可以商量。"

老者很是高兴，便开了个价钱。红脸汉子跟他还了一次价后便说："此马我买下了。我先骑它去遛一遛。如好，回来便付钱。"

老者有些迟疑。那红脸汉子便笑着指了下身边的一个黑脸汉子说："我这个伙伴留在这里，我一会儿就回来。"说完，他拍拍肩上的钱褡，只听里面发出银钱声响，示意钱有的是。

老汉说："那你先留下钱袋再遛马，反正你伙伴在这里看着。"

红脸汉子走了约半个时辰，还不见回来，那老者急了，急忙打开钱袋点钱。谁知打开一看,里面竟是些石头瓦片。他惊叫着抬起头一看,更吃了一惊,原来刚才留下的那个黑脸汉子也逃之夭夭了。老者便直奔县衙,向河阴县令高谦之报案。

高县令听后心生一计,吩咐衙役从牢中提出一名在押罪犯,带上枷锁,押到马市中,当众宣布:"刚才行骗买马的贼,现已被捕获。为了马市的安宁,当场处刑!"与此同时,高县令暗中派了不少衙役在人群中偷听人们的议论。

果然!不出高县令所料,一个衙役果真听到身旁有个黑脸汉子高兴地说:"真凑巧,这下就再也不用担心了。"那衙役闻声发出暗号,四处围上数名便衣差人,上前将那黑脸汉子擒住。

高县令当即审讯,并请卖马老者上堂对质。老者一瞧,这黑脸汉子果真是刚才的骗子。那家伙抵赖不过,只得供出同伙。据此口供,高县令派人很快便抓到了那骗马的红脸汉子。

杨津智擒黑衣贼

北魏杨津任岐州刺史时,曾巧破过不少疑难案子。《北史》中记载着这样一件事:

岐州有个武师,拳脚功夫甚为了得,专事押镖行当。一次,他受当地某大商家委托,从外地押运三百匹绢回来。货办妥后,武师艺高人胆大,偕同一名伙计翻山越岭,日夜兼程往回赶。经过几天的跋涉,总算提前进入岐州境内,一路平安无事。

时值正午,烈日高悬。伙计支撑不住,要求休息一下。武师也觉得疲惫不堪,再想离城还有三十里,歇一下也好。想此青天白日,不会出事,两人便在路边树荫下休息。

不一会儿,远处驰来一匹黑马,从马背上跃下一个壮汉。此壮汉身穿黑袄,下着蓝裤,甚为干练。他朝武师作揖后,便说找朋友住的村庄,两个时辰竟尚未找着。武师对此处了如指掌,热心回答后,黑衣汉竟坐下攀谈起来。一会儿,他掏出水壶喝了几口，用手在壶口上抹了几下，递给武师。武师本就口渴难熬，便不客气地喝了半壶，剩下的交给伙计喝。没想到刚过一会儿，武师和伙计便头昏眼花，四肢酥软，一头栽倒在地。那黑衣汉哈哈大笑，站起来将三百匹绢装上马背，扬长而去。

醒来后，武师悔恨交加，便空手进城，直奔刺史府报案。刺史杨津听完武师的叙述，叫他退下后，悄悄对手下布置了一下。

即刻，城中及附近村落便到处传闻：有个穿黑袄蓝裤的壮汉，骑一匹黑色的马，在城东二十里处被人杀死。死者如有家属，可速禀告州府。果然，当晚便有个老太婆哭哭啼啼地走到州府，说死者是他儿子。

杨津问清后，确认老太婆所说与武师所诉的贼人外形相同，便立即派人捕捉那老太婆的儿子。没多久，此贼便被抓来归案。经过审讯，他供认不讳，并交出了赃物。

柳庆智断盗金案

柳庆在任后魏雍州（今属陕西省）别驾的时候，遇到一个奇案。

有一次，一个商人携带黄金二十斤，到京城去做买卖，并寄居在一户人家。商人每次外出，都细心地锁好房门，自己保管钥匙。一天外出回来，他见门锁得和往常一样，可进屋一看，黄金全部不见了。商人想，除了房主人以外，别人是进不了房间的。于是，他便到县衙去告发房主偷窃之罪。县官立即将房主拘来审问。略施刑讯，房主便全部招认。县官将房主投入监牢，又继续追查赃物。

雍州别驾柳庆得知此案心想：房主进入自家的客房，也是情理之中的事情，但破案却不能这样顺理成章。房主有可能偷窃，但也不能排除另有窃贼。他就召来商人问："你的钥匙常放在什么地方？"

商人答道："大人，小人总是随身携带着钥匙。"

柳庆问道："你时常和谁在一起睡觉呢？"

商人答道:"没有。"

柳庆又问:"你曾同别人一起喝过酒吗?"

商人答道:"前些天曾和一个和尚两度欢宴畅饮,但和尚没有近我身边,也未曾进我房间。"

"你可曾在外面睡过觉?"

"第二次与和尚饮酒,我喝醉了,就在和尚屋中睡了片刻。"

柳庆断然指出:"房主人是因为受不了严刑拷打,才自诬盗金之罪,但他并非真正的窃贼,那个和尚才是真正的窃贼啊!"

柳庆当即派衙役去传讯那个和尚,哪知和尚已携金逃跑。直到后来才将他抓捕归案,也缴回了商人失去的黄金。

巧用凶徒治盗贼

北周时代,北雍州(今在陕西境内)甚为荒凉,盗贼很多,时常发生大案。刺史韩褒上任后,首先着手治盗。他深入民间,秘密查访,发现许多大案竟是当地一些豪强富户干的。前几任刺史均惧怕这些地头蛇,不敢治盗,致使盗风益长。韩褒也感到此事棘手,思考了几天,终于想出了一条妙计。

那天韩褒发出请柬,宴请当地所有豪门富户。酒过三巡,韩褒站起,双手作揖道:"我这个刺史是书生出身,初来乍到,请各位多帮忙。听说此地盗贼案很多,可我对于督查盗贼一窍不通,全靠你们这些人和我共同分忧啊。"

说完,韩褒双手连拍几下,厢房内又走出几十个年轻人。豪门富户见状,大为诧异,原来这些年轻人都是平常危害乡里的凶顽狡诈之辈。大家顿时提心吊胆起来,不知刺史葫芦里卖的什么药。

韩褒对这帮年轻人笑脸相迎,请他们入座用餐。安顿毕,韩褒又道:"今日宴请有一事安排。即日起,本官将按地区划分分管地段,每一段设一主帅,主帅由该地段的豪门富户担任,而你们在座的年轻人担任捕头,按住所划分小组。统统实行包干制，凡分管界内发生盗案必须负责破案，包括之前的几起大案，倘若不能破案，本刺史只得以故意放纵盗贼论处。"

当即，一个官吏持书上堂宣读了分工及任命。

众人大惊，没想到当任刺史如此厉害。交头接耳之后，便有人诚惶诚恐地上前对韩褒耳语了一番。

韩褒微微一笑，不出所料，此招很灵。原来那人代表所有作过案的豪门富户招供，前些日子的大案是他们做的，并保证以后不再犯。韩褒取出纸笔，叫他们将作案的同伙写上，然后列册。

第二天，街上贴了一张很大的布告，上面写道："自知行盗的人，赶紧前来自首，当即免除他的罪过。本月内不来自首的人，他的妻子儿女籍没并赏给先行自首的人。"

十天以内，众盗全部自首。韩褒取出名册核对，毫无差异，便一律赦免了他们的罪行，允许他们改过自新。从此群盗惊恐畏惧，不敢再胡作非为了。

御史智破诬告案

一日，唐高祖李渊在朝中审阅批文，忽见有一份密告，打开一看，心中大惊，只见报告上赫然写着岐州刺史李靖欲图谋反，而且列举了数条罪行。李渊似信非信，觉得自己一向将李靖视作亲信，况且李靖政绩显赫、忠心耿耿，怎会忽然谋反？李渊左思右想，甚为疑惑，当即选定一名能干的御史前往审理此案。

御史很惊诧，因为他平时掌管各要员的动态，从没发现过李靖有谋反的蛛丝马迹，相反一直认为李靖是朝中数得上的忠臣。临行前，御史请求李渊：为方便审案，希望与告发李靖的那位官吏同往，以便作证。李渊准许。

御史日夜兼程直奔岐州。到了目的地，御史命众人悄悄进城，住在不为人注意的驿站。第二天一早，御史忽然惊恐万状地从房中冲出，说状子失落，难以交差。众人目瞪口呆，丢失皇上所交的东西，后果不堪设想。御史火冒三丈，命人将担夫及一名掌管文件的典史捆起来。那两人吓得面如土色，直喊冤枉。

御史审问了好一会儿，毫无结果，便怏怏不乐地步入房中，将那密告李靖的官吏唤入道："本官不慎将你的状子失落，此案难以办理不说，叫我如何向皇上复命？只得劳驾你重写一份了。"

那官吏面露难色，但怯于御史的威严，便重写了一份状子。御史接过一看脸色大变，喝道："大胆狗官，居然敢诬陷李大人。来人！给我拿下！"

那官吏浑身发抖，但仍嘴硬道："我犯何罪，请大人道明。"

御史哈哈大笑道："凭你的本事能瞒过我的眼睛？你前后所写的两张状子不相同的地方甚多，分明是你在胡编乱造！"

官吏无言以对。经审讯，果是诬告。原来，御史为试真伪，谎称状子丢失，诱那官吏重写，结果两相对照，内容居然出入很大。御史当即回朝，禀报李渊。诬告者被斩首。

刘崇龟查刀破案

唐朝时，刘崇龟镇守南海郡（今属广东省）。上任不久，便碰上了一桩棘手、古怪的案件。

一个年轻俊美的富商子弟押船载货停泊在江岸，上岸闲逛。岸边一个院落门口，站着一个漂亮少妇，双目顾盼多情。少年调情道："天黑后，我来为你解闷可好？"少妇含笑点头。

哪知天黑后，有一个小偷路过，见院门未关，便偷偷地溜入行窃。少妇瞧见一个人影飘进，误认为是那翩翩少年郎来了，便急匆匆地迎上去。盗贼见屋内有人冲出来，便拔刀直刺，扔下刀逃之夭夭。没过多久，那少年来到院中。夜色里，他踏在血泊中，"啪"地滑倒在地。他伸手一摸，碰到了尸体，吓得魂飞魄散，拔脚就溜，仓促上船，叫船家马上解缆起航，借着夜色逃走了。

第二天清晨，少妇家的人发现了尸体，顺着血迹追到江岸。岸上人忙说，半夜里有一艘商船突然离开。大伙马上告官追捕。那少年被抓获,但死不承认杀人罪……

刘崇龟心里发急:不能这么僵下去呀。他忙唤人递上凶刀,仔细察看:呀,原来是一把屠刀。刘崇龟情不自禁地大笑道:"众衙役,给我传令,后天要大祭,让全城屠夫一律到府中听令!"

到了那天,众屠夫来了,他又吩咐:"今日天色已晚,都把刀子留在这里,明天再来。"当天晚上,他命令手下用那把行凶的刀换出了其中的一把刀。

第二天,屠夫们各自认领好自己的刀,只有一个屠夫急得团团转,就是找不到自己的刀。刘崇龟笑着问他:"剩下那把是不是你的?"

那屠夫急着摆手:"这是张狗儿的刀,不是我的。"

刘崇龟听罢,忙令人找出张狗儿的住处,火速前往追捕。张狗儿却已闻讯而逃了。

刘崇龟接到衙役通报,沉着地笑笑,说:"如此这般,我不愁这张狗儿不上当。"

当天下午,狱中提出了一名死罪囚犯。大街小巷,贴满了公告,称杀人的富家少年已认罪,将在当夜处死。这消息像插上了翅膀,传遍了各地。

三天后,逃跑在外的张狗儿听说案件已经了结,心中暗喜:没什么好害怕啦,回家吧。

张狗儿刚踏进家门,便被埋伏的差人抓获归案,很快被依法处决。至于那个轻浮的商人之子,也因为犯了"夜闯民宅"之罪而被处以杖刑。

狄仁杰破杀夫案

唐代,有一个名叫郝广友的男子,在端午节那天带了妻子和女儿到市镇上去看赛龙船。他回家后喝了点酒,就酣睡不醒,晚上突然凄惨而惊慌地一声大叫,接着便听到他的妻子痛哭起来。邻居们闻讯赶来时,只见郝广友鼓出两只大眼,已死于非命。当地的保正就将此事禀报了县令狄仁杰。

狄仁杰断案如神，众所周知，但对这个案件，他却一时摸不着边际。虽然他怀疑这是个"谋杀亲夫"的案件，但那女子矢口否认，而查那尸体，既无伤痕也无中毒迹象。经过细心勘查死者的住房，他发现地窖内有一秘密通道连接邻居孙坤的家。经过盘问，孙坤承认了与郝广友妻子私通之事。但郝妻仍不认罪，一口咬定那通道是原来购置房产时就有的，孙坤曾几次向她求欢，她都未曾答应。她甚至破口大骂，说孙坤因调戏她不成，才将她丈夫害死。吓得孙坤也连忙翻供，说那通道虽然连接两家，但他从未使用过。事情搞得越来越复杂。

狄仁杰不是那种动辄就以"大刑伺候"来审案的人，他要拿到真凭实据才作出判决。他耐心地问郝妻："你丈夫白天还好端端的，为何晚间便突然死去了？"

郝妻答道："这只能说是命里注定的。俗话说，阎王要你三更死，你便活不到五更。小妇人今春曾算过一卦，说我夫妻生肖相克，不是他死，就是我亡。早知这样，我愿代我丈夫先死。"

郝妻利嘴滑舌，分明是一派胡言，但从她这一番话中，狄仁杰了解到她相信因果报应和阴曹阎王之说。当下就将郝妻下在狱中，并想出了一个计策，吩咐差役依计行事。

是夜三更，一阵阴风吹进郝妻狱中，她从睡梦中惊醒。只见两个蓬头小鬼用铁链套住她的脖子，将她拘到一个阴森森的大殿，两旁凶神恶煞张牙舞爪，牛头马面如虎似狼。大殿正中端坐着阎王。郝妻见此场面，早就吓得魂不附体。

在幽暗的烛光下，只见从殿后走出一个年轻鬼魂，突鼓两眼对着郝妻大叫："你这贱人，还我命来！"郝妻一见，那人竟是自己的丈夫郝广友。

阎王爷开口问道："郝广友，你有何冤屈？可如实禀告。"

那郝广友呈上一份状纸说道："小的冤屈全写在状纸上，请大王审阅。"

阎王看完状纸，对着郝妻大声喝道："大胆淫妇，私通奸夫，谋害亲夫，还不从实招来！"

旁边的凶神恶煞、牛头马面发出阵阵喝声,郝妻吓得磕头求饶,为免下地狱,愿从实招供。

原来,她私通孙坤之后,就处心积虑要害死丈夫郝广友。端午节那天,她趁丈夫酒醉熟睡之际,将扎鞋底的钢针钉入丈夫的脑心。因有头发遮住细微的伤口,所以外人查不出死因。

郝妻招供画押完毕,大殿上忽然灯火齐明。那案前端坐的阎王爷,原来是狄仁杰假扮的;那些凶神恶煞、牛头马面以及蓬头小鬼,都是差役装扮的。

郝妻一见,还想翻供,却已有差役来报,在郝广友的头上果然找到了一支钢针。郝妻见物证已获,再无可抵赖。

袁滋称金巧破案

李勉在镇守凤翔府时,辖区内有个老农在田里挖沟排水时,掘出一只陶罐,里面全是"马蹄金"。老农就请了两个大力士,把陶罐连同金子一起扛到县衙。县令怕衙门收藏不严,就把陶罐藏在自己家里。

第二天天刚亮,他便点灯打开陶罐,想把马蹄金看个仔细。可一打开,发现陶罐里放的都是坚硬的黄土块。他连叫几声"上当",不知如何是好。他可赔不起这么多钱啊!更没有法子隐瞒。陶罐从田里挖出来时,全村的男男女女老老少少都看见陶罐里装的是马蹄金。

不消几日,全县的人都知道金子在县令家里变成了土块,认为是县令暗中做了手脚。县令好似哑巴吃黄连,有口难辩。州里派官员来查,县令满头大汗地录了口供,当追问金子放在什么地方时,他却一问三不知。凤翔太守李勉看过案宗,不禁大怒,但又无良策让县令交出金子。

隔了数日,在一次酒宴上,李勉向官员们谈起此事,大家都很惊讶,却只有一位名叫袁滋的小官,坐在那里一语不发,若有所思。李勉便问他在想什么。袁滋说:"我怀疑这件事或许内有冤情。"

李勉站起身，向前走几步问："您一定有高见，我李勉向您讨教。这案子除您之外，我看没有别人能判断出真假了。"

袁滋说："可以，我来办。"于是派人把案件提到州府办理。

许多官员得知袁滋办理这案子，有的嘲笑，有的挖苦。

袁滋很有心计，他打开陶罐，见到陶罐里有形状像马蹄金的土坯250余块，就派人到市场找了许多金子，熔铸成块，与罐中的马蹄金大小相等，铸成之后用秤称，刚称了一半，就有300斤重。袁滋问众人，当初罐子从乡间运到县衙是几人抬的。众人回答是两个村民用扁担抬来的。袁滋计算了一下金块的数目，其重量远不是两个人用竹扁担能抬得起来的。一切都明白了，原来在路上，金子已经被两个"大力士"换成土块了。

县令的冤案终于得到了昭雪。

赵和智破诈骗案

唐朝咸通元年（860年），赵和任江阴县县令，人极机智，以善于办案而著称。

一日，有淮阴某村农民茅金大来告状。赵县令问道："你们淮阴也有父母官啊，何苦舍近求远呢？"

茅金大道："只因淮阴县令不明事理，小民有冤难申啊……"

原来，茅金大去年办事，到西村熟人黄泰龙那里借钱900缗（1000文为一缗），并以地契相抵押，说明债清契还。今年上半年，茅金大先还去800缗，以为彼此熟悉，就没有索要字据。前不久，茅金大再把余下的借款还清，谁知索回地契时，黄泰龙竟翻脸不认账，要把地契占为己有。茅金大告到县衙，黄泰龙一口咬定他是诬告。茅金大无凭无证，便被判为诬告。他又告到州府，也碰了壁。走投无路之下，他才慕名越界向赵和告状。

赵和阅过状纸，心想：要去拘捕黄泰龙，必定要惊动淮阴官府，我越界办案，说不定会引起官场风波。再说，一无物证，二无人证，岂能轻易破案？他犹豫了起来。

堂上一片寂静。赵和的眼睛定在"黄泰龙说我是诬告"一行字上，认真琢磨了一会儿，忽然抬头宣布道："本县接受茅金大的越界申诉，五天后开堂审讯。"

赵和当即派两名公差，拿着他亲笔拟写的文书去淮阴官府。文书上写道：今江阴捕获一名江洋大盗，犯罪证据确凿。现已供出同党黄泰龙系淮阴人氏，望速捕，交来人押至江阴……淮阴县令见是大盗案，不敢怠慢，连夜将黄泰龙捉拿归案。

第五天，黄泰龙一上江阴公堂，便高喊冤枉不止。赵和喝道："你所犯之罪铁证如山，还敢抵赖？赃物都藏在你家中，完全可以查明。"

黄泰龙辩白道："小人并未藏匿赃物。"

"那你把全部家产一一讲明，若无出入，方可替你雪冤。"

黄泰龙急急把全部家产一一供明。另有900缗是东村茅金大赎地契交来的，等等。

赵和冷笑道："既然你不是江洋大盗，原先为何要隐瞒茅金大赎地契的钱呢？"赵和当即把茅金大传上堂来。黄泰龙见状，只得供认他的诈骗罪行。赵和最后宣判：把黄泰龙押回淮阴，依法惩处，并责令其将地契交与原主茅金大。

阎济美水中捞银

唐朝时，某个秋高气爽的早晨，有一只小货船正在长江的峡谷中行进，船很沉重，速度很慢。商人们想着，船再过一个晚上便能到达目的地，暗中庆幸自己将要发财了。这中间有个大商人，怕身边的银子遭人偷窃，便趁着其他商人不注意的时候，悄悄把银子藏在货物中间。但是，他的举动却被一旁掌舵的船夫看在眼里。

船行了十余里，停靠到一个码头，商人们都到镇上买东西或散步去了。等商人全部上岸，年轻的船夫便偷了那个大商人的银子，却照原样将货物安置好，然后也上岸去了。

第二天，船终于到了江南的一个码头。那个大商人发现自己藏在货物里的银子不见了，在船上翻了几遍，均未发现。于是，大商人便拽着年轻的船夫到了官府。官府派人对小船进行搜索，始终没见银子的踪影。

案子交到了太守阎济美手中，他对船夫审讯几次后也没有结果，最后问几个商人，小船昨夜停靠在什么地方。知道详细地点后，他命令几个差役立即赶到昨夜停船的码头，到水中打捞，并说谁捞到赃物将给予重赏。结果真的捞出了一只小箱子，里面全是银子。

原来，那年轻船夫经常采用这种巧妙的方法逃避检查，待风波平息后再去取赃物。现在人赃俱获，那个船夫只好认罪服法。

李杰智识通奸案

唐朝滏阳人李杰任河南府尹时，曾断过一桩母亲告儿子的案子。一日，李杰正在堂上与僚属议事，忽听有人告状，便命传入。只见外面走进一个中年妇人，长得颇具姿色。她跪于堂中掩面抽泣道："未亡人本是一弱女子，原指望儿子能尽孝道，可他成人后对我虐待至极，我再也活不下去了。"说着便列举了无数事实证明儿子大逆不道。

李杰听后心中纳闷，母亲告子乃天下少有之事，一般为人母的不到万般无奈不会作出此举。便道："你守寡已属可怜，而且只有一个儿子，倘若你说的是事实，让他坐下死罪，你将来老而无靠，不会后悔吗？"

那妇人道："不孝之子，哪里还心疼他？我恨不得让他立刻死！"

李杰见她对儿子恨得如此咬牙切齿，就安抚道："你的状子本官接下，你暂且回去吧。"

妇人走后，李杰便派人暗中考察那妇人的儿子平时的所作所为。结果却与那妇人所言截然相反。她儿子不仅知书达理，而且待母亲甚是孝顺。李杰将那妇人传到。

李杰道："你儿子不孝，本官调查确实不假。如此忤逆之子，实在该死。为严肃法纪，本官判他死罪。"

妇人脸露惊喜之色，叩头道谢。

李杰扔下令牌，命衙役立即将妇人的儿子捉拿归案，并对那妇人道："你去买口棺材来收殓他的尸体吧！"

妇人应诺而去。李杰马上派人暗中窥视她的行踪。只见她行至外面僻静处，对一个道士喜滋滋地说道："事情顺利，已经了结了。"过了一会儿，妇人真的把棺材弄来了。

李杰至此仍希望妇人有悔改之意，哪知她还是坚持治儿子死罪。李杰一声喝令，手下冲出大门，将那等候在门外的道士擒获。一经审问，他就招供服罪，说道："我和寡妇早有私情。可她儿子长大后处处监视她，不许她和我往来，因此设此计除掉他。"

李杰大怒道："这是谁出的主意？"

道士不语。妇人见事败露，哭道："是他指使我这样做的。"

于是，李杰下令杖杀了道士，并把尸体装进了那口棺材。

张齐贤断家务事

宋真宗时，在两个皇亲国戚之间发生了分财不均的争执，连皇帝也难断此家务事，就叫宰相张齐贤来判决。

断案难免会得罪一方，得罪皇亲国戚跟得罪皇帝没什么两样，怎么办？张齐贤亲自察看两家财物。两家实力相当，高阁华宅，亭台楼榭，极尽奢华。张齐贤调查后，心里有了底。两家人都送给张齐贤古玩玉器，他一一拒收。两家人暗地里都在张齐贤面前诉说不满：

"你瞧他家，哪点不比我家沾光？"

"哎呀，我们太吃亏了，一碗水总得端平呀！"

张齐贤均报以不置可否的微笑。

几天后，张齐贤把两家主人唤来，说："你们是否都认为自己分得少，对方分得多呢？"

双方异口同声地答道："是的。"

张齐贤要他们在供词笔录上签字画押。两家主人不知张齐贤葫芦里卖的什么药，便一一照办。张齐贤说："既然你们都承认对方分的东西比自己分的多，那么你们就互相对调一下，双方除身上穿的衣裳之外，财产物器一概不许搬动。"

两家主人知道中了张齐贤的计，但供词已画押，不便抵赖，也就无话可说了。

包拯智破纵火案

包拯当了开封府尹，京都治安大为好转，百姓高兴，但地痞流氓却对他怀恨在心，伺机捣乱。

一天晚上，有两个流氓在一条街上放起火来。火浪汹涌，向四周迅速扩散，无数火舌不住地盘旋上升，把整个京城的上空照得一片通红。

包公带领一班公差正在街上巡视，见此情景，马上分头召集百姓救火。不一会儿，人们一个个挑着水桶来了。失火处有两个巷子，一个叫甜水巷，一个叫苦水巷。人群中忽然有人问："挑甜水巷的水，还是挑苦水巷的水？"另一个高叫道："甜水巷的水甜，苦水巷的水苦，救火当然用苦水巷的水。"人们正处于慌乱之中，也顾不得细想，跟着那一问一答的人涌向苦水巷。顿时，巷子被人塞满了，哪里还能挑出什么水来？

包公对两个公差说："把刚才一问一答的两个人抓起来！"那两人被抓来后大喊冤枉。包公对众人说："这两个就是纵火犯！你们上当了。这里留下一半人挑苦水，另一半人到甜水巷去挑甜水救火！"

一会儿，人们分别从甜水巷、苦水巷挑出水，扑灭了火，就涌到开封府去看包公审理纵火犯。那两人经不住包公三盘两问，就露了马脚，最后不得不老实招供了纵火的事实。

押下犯人后，有人问包公说："大人，您怎么在刚才救火时就已经知道他们是纵火犯呢？"

包公答道："救火是十万火急的事，怎么挑水还分什么甜水、苦水呢？可他们一问一答，居然就把慌乱之中的人们都引到了苦水巷，这不是有意要让火越烧越旺吗？我由此断定，他们的问话是事先编排好的。再说，这两个人很面熟，当时我一想，对了，他们的父兄曾被我判过刑，看来对我是怀恨在心，因此有破坏社会治安、与我过不去的动机。凭这两点，我断定他们是纵火犯。一审问下来，果真如此。这就叫做玩火自焚吧！"

旁听的人都觉得包公推断得合情合理。

陈襄巧计破窃案

北宋神宗年代，有个能干的官员名叫陈襄，曾担任某县主簿，代理县令职务。一天，有户人家夜里遭到偷窃，天明报案到县衙。陈襄问明案发的前后经过，并带差役亲赴现场查验，发下令牌，将附近街游手好闲之人和犯有前科的小偷等作为嫌疑犯，拘捕进衙，予以审查。

嫌疑犯们高高矮矮，胖胖瘦瘦，一到大堂，就沸反盈天地闹开了：有高喊"冤枉"的，有痛哭流涕的，有哀求"陈青天明鉴"的，有你怨我骂的……总之，没有一个承认自己犯了偷盗罪。

陈襄朝嫌疑犯们扫了一眼，和颜悦色地说道："盗贼就在你们之中，为了不冤枉好人，我不得已委屈你们来县里走一遭。这儿附近有座庙，庙里有台大钟，这台钟非常神奇，善于明辨是非，识别好歹。谁做了坏事，一摸钟它就会发出敲击声；没有做坏事，任你怎么摸它，也不会发出声。谁是小偷，你们只要到那里一摸就知。"说着，陈襄挥挥手，让差役押着嫌疑犯前往寺庙。

到达寺庙，陈襄让差役在大殿上的香炉里置好香，自己领着下属朝大钟三跪九拜，装出一副恭而敬之、虔诚求问的样子。祭祀完毕后，他又叫人用帷幕将大钟严严实实地裹护起来，好似一帧硕大的帷帐。

一切安排停当后，陈襄喝道："好，现在你们依次进入帷幕摸钟。"一行嫌疑犯不敢怠慢，一个个鱼贯而入，又一个个鱼贯而出。"好，现在摊开手掌让我查验。"陈襄说。嫌疑犯们列着队，有秩序地从陈襄面前走过去。结果，大部分人的手掌上有墨迹，唯独一个矮胖子手上没有。陈襄一声怒喝："把他抓起来，打入监牢听审。"

矮胖子大叫道："您别冤枉好人！刚才根本没有发出钟声，有什么凭证说明我是盗贼？"

陈襄冷笑道："你偷了别人的东西，做贼心虚，害怕大钟发声，所以没有去摸它。"

矮胖子又叫道："我摸了，我摸了。我在幕里，您在幕外，何以知道我没有摸？"

陈襄哈哈大笑道："我叫人在钟上涂上墨。别人摸了，手上有墨，你呢？"

矮胖子看看别人的手，又看看自己的手，明白自己中了圈套。

徐县官巧计辨盗

宋朝时，长安有家布庄，生意十分兴隆。一日，老板命伙计前往外地购货。伙计星夜兼程很快将货采办完毕，便往回赶。

途中，时值黄昏，忽然天降大雨。为防布匹遭雨淋，伙计将马赶至路边一座凉亭中躲雨。天渐暗，雨一直下个不停，伙计心中十分着急。此时，路上又奔跑来一位避雨汉子。汉子生得熊腰虎背，伙计见了为之心惊。

那汉子躲进凉亭，对马背上的100匹布很感兴趣，便与伙计攀谈，问了许多布匹的质量、规格、性能等问题。伙计是个胆小的人，见这汉子与自己拉近乎，居然很热心地一一解答。

雨止了。伙计整整马背上的布匹，正要继续赶路，汉子忽地站起身来，拦住伙计，厉声喝道："大胆毛贼，光天化日之下居然敢偷抢老子的货物！"

伙计大惊，知道今天碰上坏人了。好在天色尚未全暗，还有路人往来。便壮起胆子和汉子争辩起来。过路行人被弄得无所适从，就拉他们一起告到官府。

县官吩咐差役把这100匹布全部打开，说："我将检查布里的证据。"

差役将布全部抖散。县官便开始询问有关布的质量、用途，没想到两人回答的一模一样。

县官略加思索，说："你们为我把布折叠起来，我再给你们判断谁是谁非。"

伙计和那个汉子快步走到堂中去折布。没折到三四匹，县官就把汉子叫过来责骂。汉子叫冤。县官说："凡从事一种行业的，必定熟悉这一行业的操作技巧。我看到你折布就明白了。这货物既然是你的，那么你就是吃布庄饭的。为什么你所折的布匹不是偏左，就是偏右，不能整整齐齐折成一匹？而你看他折布，提起布来，振臂拦开，或左或右，无不妥帖适宜。事情的真相不是很清楚了吗？"

汉子顿时失色，只得磕头服罪。

张公巧破自诬案

宋朝时，张公刚任东湖县县令，便查阅了在押犯人的所有卷宗。过目中，他对一桩平民妻子陈氏逼死婆婆的案子产生了疑问，便重新升堂审理。

张知县再三盘问，陈氏居然对所犯案情不予辩解，一口咬定婆婆是被她逼死的。张知县见陈氏的气度文雅，举止落落大方，心中疑虑更深：这样知书达理的人怎么会去逼死婆婆呢？再者逼死婆婆的证据不足，其中一定另有缘故。便对陈氏说："倘若你有冤枉，本官一定为你昭雪。错过机会不说，就要依法处决了。"

陈氏说:"贱妇背上这等不孝大罪,还有什么脸面继续活在人间?但愿快些死去罢了。"

但张知县有个直觉:陈氏案件中大有名堂。为此,他微服私访了陈氏的邻里,他们认为陈氏逼死婆婆之事颇有蹊跷,因为陈氏平素一贯孝顺婆婆。可是陈氏不改口怎么办?张知县思索良久,心生一计。

县衙门有个差役的妻子向来泼辣刁蛮,一日张知县发签把她拘捕到官署,打了她200鞭,打得满背淌血,全身湿透,然后将她与陈氏关在同一牢房里。

差役妻子通宵在牢房咒骂:"老娘究竟犯了什么罪而遭鞭打?这样糊涂的人,还能做县官?"一边哭,一边唠叨个没完没了。

陈氏劝她:"天下有什么事不冤枉?何不稍微冷静一点?就像我承受了这样的重罪,冤枉到身名俱损,尚且默默忍受下来,你遇到的不过是被鞭打的小事,有什么可说的?"差役的妻子不信她承受冤枉,陈氏最后只得将自己的遭遇讲给她听。

原来,陈氏对婆婆十分孝顺,每天早早起来,打扫屋内,准备饮食,然后到婆婆床前请安,侍候婆婆梳洗、吃早餐。有天清早,她走进婆婆的卧房,看见床下有双男人的鞋子,大吃一惊,悄悄掩门退出。但婆婆见私情被发现,羞耻之下便上吊而死。陈氏被地保以逼死婆婆的罪名送官。她恐怕婆婆的丑事被宣扬,竟含冤招认。

此番话被张知县派来在外察听的人知悉,张知县闻报立即提审陈氏,终于洗清了陈氏的冤枉,将她无罪释放。而对那衙役的妻子也略作补偿,安抚一番后将她打发回家。

程戬破杀母奇案

程戬任处州知州时,一日清晨,忽有衙役飞报:东街李家兄弟几人披麻戴孝跪于州府门外,要告西街陈家,说陈家杀了他们的母亲。

程戬向李家兄弟询问了一下即奔现场,来到西街陈家门口,果见李母尸体横于台阶旁。察看一番后，程戬命将陈家所有的人带往州府，立即升堂审案。

程戬问陈家人："你们家和李家有否过节？"

陈家人答："祖上便和他家有仇，至今未了。"

程戬问："近日可有争端？"

陈家人支支吾吾答不出所以然，过了一会儿陈家大儿子方吞吞吐吐道："前几日，为了乡下的几亩地划界，我家弟兄几人和李家发生争执，将李家小儿子打伤了。"

程戬大怒道："打伤了他家小儿子，为何又要杀他老母？"陈家因李母尸首在他家门口，有口难辩，众人皆痛哭不止。程戬命衙役先将陈家人全部收监，另择时再审。

陈家人离去后，程戬思忖了一下，问僚属们："你们对此案有何看法？"

众僚属答："证据确凿，陈家杀人事实明显，此案可断。"

程戬微微一笑，摇摇头说："不，我看并非如此。"说完又命将原告李家兄弟喊上。

程戬道："你们是何时发现母亲被杀的？"

李家人答："今天早晨。"

程戬又问："你们身上的孝服是何时所做？"

李家兄弟一时语塞，脸露惊慌之色。

程戬喝道："此案可断，你们诬告！你家老母昨夜未归，做儿子的不思寻找。今晨报老母已被害，然后立即来衙门，身上已着孝服，这不是早有准备的吗？"

李家兄弟顿时失色，严讯之下终于吐出实情：前几天，他家被陈家兄弟所欺，新仇旧恨交织起来，便想找个办法报仇。母亲道："我年老多病活不长久，你们把我杀死之后将尸体放于陈家门口，就说他家杀人，便可报仇。"李家兄弟果真实施此计，没料到被程戬识破。

僚属们感到惊叹。程戬道："杀了人把尸体放在自己家门口，难道不可疑吗？"

高昉验布纠冤案

宋朝尚书左丞高昉任蔡州知府时，曾断过这样一桩案子：

蔡州有个财主名叫王义，一日夜晚涌进一帮蒙面强盗，将王家老小全部捆绑，关入柴屋，又把房内细软一洗而空。

案子报到州府，知府高昉命手下限期破案。几天下来，毫无进展。高昉细心察看了王义家失物的清单，便将清单分发给办案官吏，要求以此为线索，在街头巷尾注意观察。

一天早上，捕快在市场上巡视，只见有一个摊上有5个壮汉在卖旧衣服，价格很便宜。捕快见疑，装作顾客上前挑选，忽见一衫裤上绣有"王"字，他顿时想到王义失窃清单上有此物，立即招呼其他捕快，将5个壮汉拘捕到衙门审理。不想5个壮汉却大喊冤枉，不承认与盗案有涉。官吏命大刑伺候。不一会儿，5个大汉便被打得皮开肉绽，终于招供。罪状和赃物都已俱备，捕快立即将案卷交予高昉，请示要以极刑惩处。

高昉发现5人招供有几处不符，马上派人前往调查5人的家境及平时的德行。发现这几个人平时老实本分，家境尚可，均以合伙贩物为生。高昉又将那绣有"王"字的衫裤取来察看，觉得有异。便传王义到府查证。

高昉问："你所失的衫裤是同一端布做的吗？"

王义答道："是。"

高昉比量衫裤用布的幅尺，发现二者阔窄不同，疏密有异。

高昉将衫裤上的"王"字给王义看，王义道："这不是我的。我那'王'字是用黄线绣的。"

一切明了后，高昉又将5个囚犯带上询问，5人又大呼冤屈。

高昉问："先前为什么认罪？"

5人齐道："不能忍受毒刑拷打，只求速死算了。"

证据不足，高昉慰抚5人一番，立即将他们释放。

过了几天，在高昉的精心布置下，捉住了真正的罪犯。

范纯仁识破伪供

宋朝时，河中府有个录事参军叫宋儋年。一天，宋参军在宅中大宴宾客，散席后，过了一阵就连声喊叫肚子痛，当晚就死了。

河中府太守范纯仁怀疑有人下毒，就下令检验尸体。仵作验尸完毕，呈上验尸单。范太守见上面写道：死者七窍流血，肌肤紫黑，显是中毒身亡。

这时参军太太出首告发说：参军的小妾与一个门客有私情，很可能是他俩谋害的。于是范太守就将两人拘捕。

范太守派了一个官员负责审讯，两人供认了毒杀宋儋年的事实。当追问如何下毒的情节时，小妾又供出是把毒药下在清蒸甲鱼这道菜里，宋参军是食后中毒身亡的。

案件审结后，范纯仁复查案卷，发现其中颇有疑点，便问审案吏员说："清蒸甲鱼是第几道菜？"

吏员答道："是第四道菜。"

"客人吃没吃这道菜？"

"都吃了。"

范太守说："我看奸人所下的毒药，吃了之后，毒性便会发作，宋参军岂能于席散后毒发身亡呢？再说，众多宾客都吃了这菜，怎么无一中毒的呢？可见犯人所供，其中必有蹊跷。"

吏员诺诺称是，只得又重新审问犯人，这次小妾招认，是客人散去后，宋参军返回厅堂，休息用茶，她在茶水中下了毒。这才是做案的真实情况。原来犯人早已深思熟虑，故意假造作案情节，准备将来上诉时再行翻供。范纯仁识破伪供，防止了犯人翻供。

李南公验伤识伪

宋朝的李南公尚书，出任长沙县令时，一天，有甲乙两个汉子来告状。李南公见甲高大魁伟，煞是雄赳赳，乙却瘦弱憔悴，一派病态样。

李南公问："你们为何告状？"

甲说："乙打我，把我打得遍体是伤，请老爷明判。"

乙气愤地辩诉说："他胡说，明明是他打我，不信可以看我身上的伤。"

两人争执不下，互相指责。李南公喝道："来人，将他俩的衣服脱下，待本官验伤定夺！"

几名衙役上前脱下甲乙的衣服，见两人膀上、胸口等处青赤伤痕累累，看来这一架打得还不轻。

李南公心中生奇，这两人打架，从体力上讲，甲强乙弱，而且体魄悬殊，吃亏的肯定是乙。可为什么甲身上居然也会受此重伤呢？于是，他问乙道："你练过武功没有？"

乙垂泪回答："小人体弱多病，从未练过武功。倘若有武功在身，今日岂会遭他如此欺凌？"

李南公忽然想起了什么，便捏捏他们的伤处，一摸便有数了。正色道："乙伤是真伤，甲伤是假伤。"

甲不服，经审讯，果然如此。原来，甲乙两家一向不和。为泄愤，甲预先采集了一些榉柳树叶，用树叶涂擦胸口及手臂，不一会儿，皮肤上便会出现青赤如同殴打的伤痕。然后，他又把剥下的树皮平放在皮肤上，用火热熨，便又出现了棒伤的痕迹，肉眼根本无法判其真伪。一切准备完毕，甲便诱乙出门至僻静处，一顿拳打脚踢，把乙打得遍体鳞伤。乙不甘受辱，拼死拉其见官，甲亦不惧，以为自己身上的假伤足以乱真。于是便出现了以上一幕。

李南公大怒，立即判甲吃板子一百下，罚银二十两给乙作赔偿。

衙吏不解李南公何以觉察甲伤有假，李南公道："殴打的伤痕会因血液凝聚而变得坚硬，而伪造的伤痕却是柔软平坦，一摸便知。他用榉柳树叶涂擦皮肤，如何骗得了本官？"

胡颖机智灭"蛇神"

南宋时期，有个叫胡颖的人，他被委派到广东担任掌管一路军务和民政的经略安抚使时，碰到了一桩稀奇古怪的公案。

原来，广东路管辖下的潮州（今广东潮阳）有一座寺庙。民间盛传庙里有一条神蛇，修炼的道行很深，常常显灵。百姓对它奉若天神，顶礼膜拜。这个寺庙香火旺盛，佛事兴隆。以前到潮州做知州的历任地方官，也亦趋亦奉，逢年过节都亲自到寺庙去焚香祷祝一番，跪求"蛇神"恩赐地方以幸福。

胡颖听了此事，大不以为然。属下的老差役就振振有词地劝道："大人，这不是传说，而是真的。"

胡颖斥责道："奇谈怪论！"

老差役说："大人！您知道前两任潮州知州的命运吗？前一个知州到任后轻慢'蛇神'，没有去祭祀它，结果引起特大旱灾，几乎造成颗粒无收的后果，百姓纷纷责备他治理无能，他待不下去，只好请求他调。后一个知州没有办法，一上任就去庙里祭'蛇神'，忽然看见这条蛇蜿蜒爬出庙堂，大吃一惊，回到官邸就生了重病，不治而死。百姓都说，这位知州大人虽然亲自去祭祀了，但内里不诚心，而是做做样子的，所以'蛇神'要惩罚他。"

胡颖笑道："有这等事，那我倒要亲自诚心地邀请'蛇神'来做客哩。"

说着，胡颖便传令潮州州府，让他们叫该庙的和尚把"蛇神"抬到经略安抚使的官府来。老差役连连摇手道："使不得，使不得。大人如此对待'蛇神'，一定要遭到不测之灾。"

胡颖笑道："你不必紧张，我自己诚心诚意请它，来了待它为上宾，它不会发怒。即使降罪，也只我一人承担，与你们无干。"

不多久，和尚们果然将"蛇神"抬了送来，只见它的身子粗得像房柱子一样，皮肤的颜色黑得像墨炭灰一样。胡颖叫左右用栏杆将它圈起来供养。

老差役全身瑟瑟发抖，胡颖拍拍他的肩头，示意他放松神经，便笑着对"蛇神"说："都说你道行深得很，那么我给你三天期限，三天之内，你定要显示你的神力，任你造灾降福。如真灵验，那我就把你尊为天神，日夜率众向你祭祀跪拜。如果不灵，我就对你不客气了！"

三天过去了，那条"蛇神"跟普通蛇类一样，并没有显出神灵的样子来。胡颖哈哈冷笑道："哪来的'蛇神'啊？全都是品行不端的和尚妖言惑众，骗取百姓的香火钱啊！"当即下令将蛇杀死，平毁那个寺庙，严厉地惩治了和尚们。

老差役这才如梦初醒，说："都怪我糊涂。不是大人英明，我到死都被恶和尚欺骗。"

宋日隆诘童雪冤

南宋咸淳年间，赣州信丰县（今江西省境内）有个木匠住在山岭下边。岭上有条驿道，人们在他的屋后沿着驿道往来。

一天五更时分，木匠带着工具外出干活，在离开驿道五六丈远的地方发现了一具尸体，血肉模糊。他稍瞥了几眼，置之不理，自顾自离开了。

到了中午，里长和邻居前来察看尸首，见致命伤口是斧子的痕迹，议论纷纷，都说这肯定是木匠作的案，不分青红皂白，便把木匠夫妇捆绑着送往官府。

一阵接一阵的严刑拷打，这对夫妻没法辩白，只能含冤招认。但这案件漏洞百出，且缺乏证据，拖了一年之久，一直悬着。

这案子上报到赣州府，州官委任精明能干、善断疑狱的知录（掌管司法的官员）宋日隆来复审。

宋日隆心里也没底：这案件肯定有冤，可怎么才能审个水落石出呢？

几次来到狱中审讯，木匠夫妇供词如原来一样，提不出什么新线索。

有一天，宋日隆正在讯问，看到一个小孩来找狱卒。小孩跟狱卒贴得很近，嘀嘀咕咕说了大半天。

宋日隆心存狐疑，走上前去诘问狱卒。狱卒支支吾吾，故意转移话题。

宋日隆想：这里头肯定有鬼。他将手一挥，让周围的人统统走开，自己跟小孩单独交谈。

开始，这小孩守口如瓶，只字不提，经过反复安慰、劝诱，他才说："有一个人在茶馆里给了我50文钱，让我打听审案中木匠夫妇是不是承认了杀人。我告诉你，你可不能告诉别人！"这小孩还挺严肃地嘱咐宋日隆。

宋日隆心中大喜过望。马上命令两个狱卒跟随小孩来到茶馆，逮捕了唆使小孩探听消息的人。

宋日隆劈头呵责："你自己行凶杀人，为何要让别人偿命？还不赶快招认！"

这人再也无法抵赖，只好乖乖地供认了杀人抢劫的罪行。木匠夫妇的冤案马上得到了昭雪。

政治卷

荀息借道取虞虢

春秋时期，晋国的南面有两个小国，一个叫虞（在今山西省平陆县东北），一个叫虢（在今山西省平陆县东南）。这两个近邻的小国的祖先都姓姬，所以相处得很好。可是，虢国的君主常派兵到晋国边界闹事，晋献公就想发兵讨伐虢国。

公元前655年的一天，晋献公问大夫荀息："现在能讨伐虢国吗？"

荀息说："不能。因为虞虢两国的关系很好，再说虢国戒备森严。我看这样，先给喜欢玩乐的虢公送些美女去，让他尽情享乐，消磨他的意志。"

虢公得了晋国的很多美女，果然只顾玩乐，不理政事了。荀息这时对晋献公说："现在可以攻打虢国了。不过，我们最好不要让虞国去援救它。我们可以给虞公送一份厚礼，向他借条路去讨伐虢国。这样一来，虢国就会恨虞国，虞国也就不会帮助虢国了。"

晋献公就派荀息出使虞国。

荀息到了虞国，向虞公献上一匹千里马和一对最名贵的玉璧，说："虢国老侵犯我们晋国，我们打算跟他们干一仗。今向贵国借一条道儿，让我们过去。如果打赢了，所有战利品都送给您。"

贪财的虞公玩着玉璧，又瞧瞧千里马，说："行呀，行呀。"

虞国大夫宫之奇劝阻道："大王，不行呀！虢国跟我国山水相连、唇齿相依。

俗话说'唇亡齿寒'，如果没了嘴唇，牙齿就会挨冻。虢国灭亡了，咱们虞国就一定保不住。"

虞公嘴唇贴着玉璧吹了一口气，瞪了宫之奇一眼，说："人家晋国送来这么多的好宝贝，咱们连条道也舍不得借给他们，这说得过去吗？再说，结交一个强国，总比结交弱国合算吧。"

宫之奇见虞公听不进自己的忠言，料定虞国必然要被晋国灭亡，就带着一家人离开了虞国。

同年冬天，当晋军路过虞国时，虞公见晋军十分强大，就向荀息讨好说，愿意助战。

荀息说："我听说虢公正和犬戎打仗，您假装上去助战，虢国一定放您进城。您的兵车都装上晋兵，只要他们一开城门，我们就可以轻而易举地拿下他们的下阳关。"

荀息利用虞公拿下了虢国，回过头来很快又收拾了虞国。虞公糊里糊涂地做了俘虏，那对名贵的玉璧和那匹千里马，又回到了晋国。

郑武公笑里藏刀

郑武公图谋灭掉胡国，决定采取先亲善胡国以取得信任，而后再伺机消灭胡国的计策。

他首先与胡国进行友好往来，然后郑重其事地将自己的女儿许配给胡国国君。为了进一步取得信任，郑武公又故意把群臣召集起来，同他们商量该攻打哪个国家。胡国小，又离郑国不远，是理所当然的攻击目标，可郑武公又为什么要这样问呢？因为他断定群臣中肯定有人建议攻打胡国。

果然，大臣关其思当即说道："攻打胡国比较容易。"

郑武公一听大怒，不容关其思分辩，便下令将他推出去斩首，并说："胡国，是我们亲如兄弟一样的国家，你却建议兴兵讨伐，是什么心肠？"

关其思建议攻打胡国被郑武公怒斩的消息很快传到胡国，胡国国君很受感动，认为郑国将与胡国永远友好下去，于是对郑国便不加戒备。

郑武公见时机成熟，就率军对胡国发动突然袭击，一举灭掉了胡国。

州鸠力谏周景王

周景王要铸造一口极大的钟，单穆公竭力劝阻，说："大钟的声音不一定好听，而且劳民伤财，无论从政治、经济和音乐等哪一方面来说，都是无益而有害的。"

周景王不听，他把司乐官州鸠找来，以为司乐官一定会赞成造大钟的。不料，州鸠也不赞成，反倒同意单穆公的意见。他认为铸造一口那么大的钟，确实没有必要。

周景王还是不听，立即下令，动工造钟。

第二年，大钟铸成了。那些惯会献媚的乐人们纷纷向周景王表示祝贺，说大钟的声音很和谐，非常好听。周景王很高兴，得意地对州鸠说："据报，钟声很和谐呀！"

州鸠说："不见得吧。造大钟，要老百姓都拥护、欢迎，才算得和谐。现在劳民伤财，老百姓都反对、怨恨，我不知道这算什么和谐。办任何事情，凡是老百姓赞成的，就一定能成功；凡是老百姓不赞成的，就一定要失败。这就叫做众志成城、众口铄金啊！"

公子小白诈死计

春秋时，齐襄公举止无常，齐国大夫鲍叔牙预见到齐国将来会发生暴乱，便保护着襄公的弟弟公子小白离开齐国，逃到了南边的莒国。大夫管仲赶忙保护着襄公的另一位弟弟公子纠逃往西南边的鲁国。后来，齐国的几个大夫杀死了襄公,拥立公孙无知为君。

第二年,齐国人又杀掉了公孙无知,齐国便没有了国君。公子小白和公子纠得知这个消息,便分别从莒国和鲁国赶回齐国,都想继位为君。

冤家路窄,在齐国的边境上,双方都赶到了一个路口。见对方也赶来了,保护公子纠的管仲便想抢先一步,他拈弓搭箭,朝着公子小白"嗖"地就是一箭。那支箭不偏不斜,正好射中了公子小白的衣带钩。公子小白反应机敏,马上就倒在车中不动了。

管仲一见,以为公子小白被自己射死了,便对公子纠说:"公子尽可放心了!公子小白已经死了!"而公子纠呢,以为反正公子小白已经死了,也就并不着急赶路了。

哪知公子小白却快马加鞭,终于抢先赶到了齐都,被拥立为齐国的国君。这便是春秋五霸之首的齐桓公。

秦穆公羊皮换贤

公元前655年,秦穆公派公子絷到晋国代自己去求婚。晋献公把大女儿许配给秦穆公,还送了一些奴仆作为陪嫁。其中有一个奴仆叫百里奚,他是虞国的亡国大夫,很有才能。晋献公本想重用他,但百里奚宁死不从。这次,有个大臣对晋献公说:"百里奚不愿做官,就让他做个陪嫁的奴仆吧。"

公子絷等回国时,半道上百里奚却偷偷逃走了。

秦穆公和晋献公的大女儿结婚后,在陪嫁奴仆的名单中发现少了百里奚,就追问公子絷。公子絷说:"一个奴仆逃走了,没什么了不起。"

朝中有个从晋国投奔过来的武士叫公孙枝,把百里奚介绍了一番,并认为他是个了不起的贤才。于是,秦穆公便一心想找到百里奚。

再说百里奚,他慌乱之中逃到了楚国的边境线上,被楚兵当作奸细抓了起来。百里奚说:"我是虞国人,是给有钱人家看牛的,国家灭亡了,只好出来逃难。"楚兵见这个六七十岁的老头子一副老实相,不像是个奸细,就把他留下来看牛。百里奚竟有一套牧牛的本领,把牛养得很肥壮,大家给他送了个雅号——"放牛大王"。楚成王知道后,就叫他到南海去放马。

后来秦穆公总算打听到了百里奚的下落,就备了一份厚礼,想派人去请求楚成王把百里奚送到秦国来。

公孙枝说:"这可万万使不得。楚国让百里奚看马,是因为不知他是个贤能之士。如果您用这么贵重的礼物去换他回来,不就等于告诉楚王,您想重用百里奚吗?那楚王还肯放他走吗?"

秦穆公问:"那你说说怎样弄他回来?"

公孙枝答道:"应该按照现在一般奴仆的价钱,花五张羊皮把他赎回来。"

秦穆公便派一位使者去见楚成王,说:"我们有个奴仆叫百里奚,他犯了法,躲到贵国来了,请让我们把他赎回去治罪。"说着便献上五张黑色的上等羊皮。

楚成王想都没想,就命人把百里奚装上囚车,让秦国使者带回去。

百里奚拜见秦穆公后,秦穆公想请他担任相国。百里奚推荐了自己的朋友蹇叔和蹇叔的儿子西乞术、白乙丙。秦穆公拜蹇叔为右相,拜百里奚为左相。没多久,百里奚的儿子孟明视也投奔到秦国来了,被秦穆公拜为将军。

五张羊皮换来五位贤人的故事,成为千古佳话。

史疾论名实治国

韩国派史疾出使楚国,楚王问:"你所重视的是什么呢?"

史疾回答:"我所重视的是正名。"

楚王又问:"正名也可以治国吗?"

史疾又答:"可以治国。"

楚王再问:"我们楚国的盗贼很多,你所说的正名可以制止盗贼吗?"

史疾再答:"可以。"

楚王问:"怎样用正名来抵制盗贼呢?"

说话间,有喜鹊停在屋顶上。史疾指着喜鹊问楚王:"你们楚国人叫它什么?"

楚王说:"叫喜鹊。"

史疾说:"叫它乌鸦可以吗?"

楚王说:"不可以。"

史疾说:"现在你统治下的楚国,有令尹、司马、典令这些官名,设置这些官名就是为了让做官的能够廉洁称职,而现在你们楚国的盗贼竟公然活动而不能禁止,这说明有些人并不称职,乌鸦不是乌鸦,喜鹊不是喜鹊,名实不相符呀!"

楚王听了,感触很深。

申叔时救陈保楚

楚庄王高高地坐在宝座上,接受一批又一批文武大臣的朝贺。动听的音乐、欢快的舞蹈一齐献上来,楚庄王陶醉了。

前些天,楚国的盟国陈国发生了内乱,陈灵公被大臣夏徵舒杀了。陈国的几个大臣逃到楚国,请楚庄王替陈国平定内乱。楚庄王就打着主持正义的旗号,率大军灭了陈国,并把它改为楚国的一个县。这样一来,强大的楚国的版图又扩大了。楚庄王得意地想着,忽然,他又生起一丝不愉快的念头:南方属国的君主和许多小部族的首领都来道喜了,国内的大臣也都来祝贺了,怎么独独不见大夫申叔时?

楚庄王正想着申叔时,申叔时就来了。原来,他出使齐国刚回来。

申叔时向楚庄王报告了去齐国后的见闻,楚庄王想,接下来,你该说些道喜的话了吧?谁知申叔时竟一句也没提到。楚庄王火了,责问道:"陈国的夏徵舒杀了陈灵公,犯了滔天大罪,中原的诸侯哪个也没敢去过问,只有我主持正义,杀了夏徵舒,而且又使我国增加了很多的土地。哪个大臣、哪个属国不来祝贺?你却吭都没吭一声,难道我做得不对吗?"

申叔时诚惶诚恐地行了个礼,说:"不是,不是,我的心里正想着一件解决不了的案子呢,所以还顾不上说别的。"

楚庄王好奇地问:"什么案子?"

申叔时说:"是这样的:有个人牵着一头牛,从别人的田里走过。谁知那牛踩坏了人家的庄稼。田主火冒三丈,不由分说,把那头牛抢去了,凭牛主好说歹说就是不肯还。请问大王,要是您遇上这个案子该怎么审理呀?"

楚庄王说:"我说应该把牛还给人家。"

"为什么?"

"牵着牛踩了人家的庄稼,这当然不好。可是,就为这个抢了人家的牛,不是太过分了吗?"楚庄王说到这里,忽然领悟出了什么。他盯着申叔时看了好一会儿,又说:"哦,原来你是转着弯子说我呢。好好好,我把'那头牛'退回给人家就是了。"

于是,楚庄王就恢复了陈国。陈国的新国君陈成公从晋国回到陈国,他很感激楚庄王,就归附了楚国。中原的诸侯也都挺敬佩楚庄王的道义精神。

石碏假手救国计

春秋时期,卫国公子州吁杀了他的异母兄——卫桓公,夺了君位。他怕朝臣百姓不服,就请其党羽石厚向其父讨教办法。

石厚的父亲石碏是卫国德高望重的老臣,此时已告老辞朝。他正为卫国的内乱担忧,见儿子来问计,便眉头一皱,向石厚说:"要安定人心并不难,只要州吁亲自朝见周天子,取得周天子同意,百姓朝臣自然就服从了。"

石厚问:"周天子会同意吗?"

石碏说:"周天子最宠信陈国国君陈桓公。只要先见陈桓公,让他去打通关节,不愁周天子不同意。"

州吁和石厚便去拜访陈桓公。

石碏派人星夜奔往陈国，给陈桓公送了一封密信。信中列举了州吁和石厚的杀君之罪，并说自己力不从心，请陈桓公杀掉叛贼。不久，州吁、石厚也到了陈国。陈桓公列举了他们的罪状，便把他们逮捕了。卫国便派人杀死了州吁，石碏也派管家处死了石厚。

年迈力衰的石碏，用假手计为卫国除了大害。同时，他大义灭亲的精神也历来为人们所推崇。

国君以城换罪犯

卫国有个正在服劳役的罪犯越狱逃跑了，经过调查，他逃到了魏国，刚即位的卫嗣君决定重新把这个罪犯抓回来，以明法纪。

刚开始，卫嗣君派使者到魏国，提出用50两黄金把这个罪犯换回来，魏国不答应。于是，卫国又提出用左氏（地名）这块地方去换这个罪犯，魏国终于同意了。

卫国大臣都不理解，便问国君："用一个城邑去换一个服劳役的罪犯，是不是把事情看得太重了？这样做值得吗？"

卫嗣君对他们解释说："在国家治与乱的问题上，事情是不分大小的。法律要是不确立，该处罚的不处罚，即使有10个左氏这样的地区又有什么好处呢？法律要是能确立，该处罚的一定处罚，即使失去10个左氏又有什么害处呢？"

手下的人都佩服国君的深思远虑。

郈成子智算国运

春秋时，鲁国大夫郈成子被聘到晋地做官，路过卫国，卫国右宰縠臣请他饮酒。席间陈列着丝竹管乐，却不请人演奏。酒喝到微醉时，縠臣便送给郈成子一块玉璧。

过了不久，邱成子归国路过卫国，却没有去辞谢右宰穀臣。他的仆人问："从前右宰穀臣以美酒招待您，席间你们十分欢洽，今天您路过此地却不辞而别，这未免显得失礼了吧？"

邱成子说："他留我饮酒是想与我同乐，陈列着乐器却不请人演奏，显示出了他的忧愁；酒微醉时送我玉璧，是暂寄我处。由此看来，卫国恐怕要生叛乱了吧！"

果不其然，不久，卫国祸起萧墙，右宰穀臣被杀。

邱成子立即再去卫国，在混乱中来到穀臣家，把他的家属带到了鲁国，同自己隔墙而居，还把自己的俸禄分一份给他们。等穀臣的儿子长大后，邱成子便把那块玉璧还给了他。

士会死谏救统帅

这一日，晋景公怒气冲冲，喝令刀斧手把跪在地上的荀林父推出斩首。

荀林父微微抬起头，沉痛地说："我身为晋国的三军统帅，这次兵败楚国，我是罪责难逃。国君要杀我，我没什么可怨恨的。只是我死后，请您汲取这次失败的教训，让晋国再强大起来……"

大臣们都低下了头。他们都觉得荀林父以前有功于晋国，打了一次败仗就被处以死刑，这是不合情理的。不过大家都惧怕暴怒中的晋景公，不敢为荀林父说几句公道话。

"国君不该杀他！"寂静的宫殿里突然响起一个声音，大臣们一看，原来是大夫士会站出来为荀林父说话了。

"败军之帅，罪大当诛。"晋景公没有一点儿商量的余地。

"荀林父是我们晋国的栋梁之材，屡建奇功，进则尽忠，退则思过，把这样的人杀了，只有我们的敌人才会高兴。"士会慷慨激昂地说，"国君一定记得我们晋国打败楚国的城濮之战吧？我军抓到许许多多的俘虏，缴获到难以计数的武器和粮食，可是，先君晋文公还不敢高枕无忧，他常对臣子们说：'楚国令尹得臣是一位了不起的人物，只要他还活着，楚国仍然是很有力量的，我们万万不可掉以轻心啊！'后来楚国的国君杀了得臣，先君高兴得载歌载舞，说：'楚国就没有能人来进攻晋国了，我真可以睡个安稳觉了。'果然，楚国两代都一蹶不振。从这件事情我们不难看出，一个有治国能力的大臣对一个国家多么重要啊！"

晋景公静静地听着，脸上的怒气在渐渐消退。

"现在国君要杀的荀林父，就是一个不可多得的能臣。我们的敌人日夜都想把他杀死，以削弱晋国的力量。"士会继续说道，"如果国君杀死了荀林父，那不是帮助了敌人，而让晋国受到了无法挽回的损失吗？如果说到他这次打了败仗，那只是一个偶然的失误，这同他以前为晋国建立的功劳相比，好比太阳出现日食、月亮出现月食一样，怎么能遮挡他的光芒呢？"

"爱卿说得很对，我险些枉杀了一位晋国的功臣。"晋景公走下座位，扶起了跪着的荀林父，当场赦免他的过失，恢复了上卿的职位。

子产不拆毁乡校

郑国都城有一所乡校，人们喜欢到那里聚会和游玩，每天热热闹闹的。

一天，有位叫然明的大夫经过这里，看见有几个人围在一起争论得面红耳赤。他留神一听，原来他们正在议论朝政的得失、评价官员的优劣，因为出现了不同意见，所以声音越说越大，围观的人也越来越多。

然明红着脸转身就走，找到了担任执政的子产，愤愤不平地说："老百姓到乡校去，并不是为了学点有益的东西，倒是兴致勃勃地说长道短。虽然也有人对朝廷说一些好话，可是抨击政事、指责国君、批评大臣的为数不少，如果流传开来，对国家有什么好处呢？干脆把乡校拆了，看老百姓还到哪里去嚼舌根？"

子产摆摆手说："既然老百姓喜欢到乡校去，为什么要把乡校拆掉呢？"

然明连忙说："你自己去听听吧，老百姓的这些话不仅对朝廷不利，对你我也没有好处呀！"

"我们先不谈乡校的事，"子产依然平静地说，"我有一件事请教你，当河水暴涨，即将崩堤的时候，是因势利导放掉一些水呢，还是加高堤岸把水堵起来呢？"

"应该放掉一些水好。"然明想了想说。

"还有，当一个人有了难言之病，是痛痛快快告诉医生让他医治呢，还是遮遮瞒瞒不让医生知道呢？"子产又问道。

"当然应该把病情告诉医生。"然明这次回答得很干脆。

"这就对了，"子产朗声大笑起来，"朝廷在治理国家大事的过程中，官员在处理大大小小的政务时，都免不了要出些差错，或者干出不利于老百姓的事来，老百姓对朝廷、对官员有意见，说出来了，我们可以及时予以纠正。现在都城的那所乡校正是老百姓说话的地方，如果我们拆了它，老百姓自然也就不再聚集起来批评政事了，把他们的不满情绪全部憋到肚子里去。可是，这就像暴涨的河水一样，堵塞得越厉害，冲决堤岸时的力量就越大，造成的危害也就更加严重。这同向医生隐瞒病情造成贻误是一样的道理。"

然明听到这里，心服口服，赞同地说："您说得对，这乡校不拆了，留在那里，对国君有利，对朝廷有利，对你我都有利！"

晏婴一日三谏君

有一天，齐景公和群臣来到公阜这个地方游玩。登高望去，早晨的大地一片生机，绿的庄稼，红的鲜花，相映成趣；更有好鸟相鸣，蜂蝶乱舞。这一切把齐景公深深地陶醉了，他感叹地说："如果我能长生不老，天天游乐于这山水之中，那该多好啊！"

身边的晏子听到这话，觉得国君如果去追求长生之术，必然疏于治国之道而不求进取，于是接过景公的话头说："生和死是不能改变的自然规律。再说人人都长生的话，那也未必是好事。"

"那又为什么呢？"景公不解地问。

"这道理很简单。如果齐国的开国君主太公和丁公活到现在，他们一定还是一国之主，那么桓公、文公、武公就只能当他们的助手，而你也只能头戴竹笠、手拿锄头终日在田里劳动，怎么还能率领群臣到处玩乐呢？"

晏子的话扫了齐景公的游兴，他别过脸去不理睬晏子。

到了中午，远处出现了一辆六匹马拉的大车，烟尘滚滚而来。景公得意地对晏子说："这是梁丘据接我来了，你看他驾驶的马车奔得多快！朝中文武只有他最了解我的脾气了。"

晏子却不满地说："梁丘据称不上好的臣子。古人说过，作为一个忠实的臣子，不应该事事附和国君，因为国君认为是对的，并不一定都对；国君认为不对的，也不一定都不对。这个梁丘据对国君最会察颜观色、拍马奉承、不论是非、一味迎合，你听了也许会心平气顺，可是对于国家的长远利益又有什么好处呢？"

齐景公很不高兴，转身拂袖而去。

夜色降临，星光灿烂。这时一颗流星在头顶疾驰而过。齐景公面如土色，以为这是不祥之兆，忙令主管祭祀的官员设香案祷告，保佑齐国君臣平安。

晏子又赶去劝阻，对齐景公说："流星有什么可怕呢？它只扫除邪恶的事情，国君如果没有做这种丑事，何必提心吊胆的呢？要是做了这种事，让流星扫掉，不是很好吗？"

景公气得脸色铁青，说不出一句话来。

可是晏子言犹未尽，批评的分量也越来越重："现在我担忧的倒不是流星的出现，而是国君贪恋酒色、亲近小人、喜听谗言、疏远贤臣，长此以往，灾难必然降临到我们齐国。国君的这些过失，靠祈祷是帮不了忙的。"

齐景公再也没有游览的兴致了，立即下令驾车回宫。这天夜里，这个齐国至高无上的人，翻来覆去睡不着觉，准备寻找机会灭一灭这位相国的气焰。然而，当他细细品味晏子三次批评自己的话时,又觉得每句话都有道理,终于体会到这位相国对自己的忠心来。

晏子去世后,齐景公在吊唁时痛哭流涕地说:"那天相国在公阜三次给我指出过错,这样忠心耿耿的贤臣我现在到哪里去找啊?"

卫士巧言谏吴王

春秋时期,吴王想出兵攻打楚国。有的大臣劝阻说:"楚国正处于强盛时期,现在还不能去和它交战。望大王三思而行。"

吴王一心想称霸,此时哪里听得进劝谏之言。他拔出寒光闪闪的宝剑,厉声说:"我已经决心进攻楚国,谁再敢劝阻,我就把他碎尸万段!"吓得大臣们再不敢开口了。

王宫里有个年轻的卫士,认为这次出兵不是正义之战,肯定会失败的,但又不敢面对吴王讲。他想了好几天,终于想出了一个办法。这天,他一清早就走进王宫的后花园,手里拿着一把弹弓,转到东,转到西,连衣服被露水打湿了也毫不在乎。就这样,他在那里转了三天。

吴王见了,觉得很奇怪,就把卫士叫到跟前,问:"你为什么老在花园里走来走去,把衣服都弄湿了呢?"

卫士恭恭敬敬地说:"报告大王,我是在观察一件挺有趣的事呢。花园里有一棵树,树上有只蝉,它在树的高处喝着露水并且得意地鸣叫,却一点儿也不知道有只螳螂藏在它的后边,弯着身子,举起前爪,准备扑上去捉它呢;可是那只螳螂也完全没有料到,在它的身后有一只黄雀,正悄悄地伸长脖子想去啄它;而那黄雀也根本不知道,我正拿着弹弓对着它瞄准呢!"

吴王笑道:"确实很有趣。"

卫士继续说:"尊敬的大王,蝉、螳螂、黄雀只想到它们眼前的利益,却没考虑到隐藏在身后的危险啊!"

吴王沉默了一会儿，恍然大悟：原来卫士是在用寓言巧谏，想让他停止进攻楚国。他笑笑说："你讲得很有道理。"于是他取消了攻打楚国的计划。

专诸刺杀吴王僚

吴王僚不从祖典，抢夺了王位，又大肆屠杀弟兄。公子光非常气愤，欲杀僚自立为王。但因吴王僚戒备森严，无法下手。

这时，伍子胥投奔他，并给他推荐了勇士专诸，使其刺杀吴王僚。

接下来的问题是，如何让专诸接近吴王僚，并能取得他的信任呢？经多方打听，知道吴王僚特爱吃鱼。专诸为了投其所好，就找名师刻苦学习烹鱼技术。

三个月之后，专诸已学得一手烹饪绝技，特别是他做的鱼味甘形美，名声也渐渐传到了吴王僚的耳中。

一天，公子光请吴王僚到家中赴宴，说是专诸掌勺。吴王僚很是高兴，如约而来。但他警戒十分严密，连厨师上菜也要经过检查。酒过一巡，公子光假托自己的腿脚不好，借故躲到安稳之所，而专诸则把匕首藏入鱼腹，躲过了侍卫的搜查。

当专诸端着鱼走到吴王僚面前时，他突然从鱼肚中拔出匕首，向吴王僚刺去。由于用力太猛，连吴王僚的脊背都扎透了。专诸也被众侍卫乱刀砍死。公子光得了王位，他就是吴王阖闾。

薛公献礼荐王妃

这些天来，齐国的相国薛公，也就是孟尝君，总是闭目沉思。

原来不久前王妃亡故，最近要立新王妃了。孟尝君一心想方设法刺探国王中意的人，于是久久苦思。

孟尝君清楚，必须尽早察明这个女人是谁，在齐王说出来之前主动进行推荐。如果自己推荐的女子正合齐王之意，那么今后自己的意见就更容易被采纳了，晋爵封赏不在话下，同时也自然会受到新王妃的感谢，可谓获益无穷。但是，假如自己的推荐与齐王预想的不同，那就糟糕了。推荐不仅会被驳回，今后自己的意见也不会受到重视，而且新的王妃当然也会对自己表示冷淡，那么自己的地位就会岌岌可危。

齐王的爱姬中，究竟谁是他最宠爱的呢？

现在后宫有10名爱姬，其中谁会升格而成为王妃呢？贤明之主是不会在臣下面前暴露自己的私好的，否则臣下就会伺机投其所好，曲意逢迎。因此，齐王在众人面前对10名爱姬一视同仁、平等对待，让那些阿谀奉承之辈无机可乘。

突然，孟尝君睁开眼睛，传来侍臣，吩咐道：

"快！准备10组玉珥，但其中一组要特别漂亮。"

所谓玉珥，就是用宝玉制成的耳饰。待手下准备就绪后，孟尝君立即将10组玉珥献给齐王。

翌日，入宫晋见的孟尝君看见最美的玉珥戴在一位爱姬的耳朵上，不用说，这位爱姬就是齐王最宠爱的人了。他明察了这点之后，就郑重向齐王推荐了这位爱姬为新王妃，说她如何品德齐备、才貌双全，是母仪天下的最好人选。他的推荐正中齐王的心意，他的目的达到了。

最宝贵的东西总是送给最心爱的人，这是一种很普遍的现象，孟尝君正是看准了这一点，暗施小计，从而轻易地了解到齐王的心意。而这种小事往往又是当事人最容易忽略的，所以，尽管齐王不露声色，但还是露出了一丝迹象。

邹忌论美谏齐王

公元前356年，齐威王即位，据说他九年不理朝政。一天，他把一个叫邹忌的人召去弹琴消遣。邹忌只是大谈特谈乐理，就是不奏曲。齐威王不高兴地说："您的乐理说到我的心坎里了，但光知道这些还不够，还需审知琴音才行，请先生试弹一曲吧。"

邹忌说："臣以弹琴为生计，当然要尽心研究弹琴的技法；大王以治国为要务，怎么可以不好好研究治国大计呢？我抚琴不弹，就没法使您乐意，怪不得齐人瞧见大王拿着齐国的大琴，九年来没弹过一回，都不乐意呢！"

齐威王十分惊愕，就和他大谈治国的道理，不料邹忌竟说得头头是道。于是齐威王就拜他为相，加紧整顿朝政。

这天早晨，身材修长、形貌漂亮的邹忌穿好衣服，戴上帽子，照了照镜子后问妻子："我和城北的徐公比，谁更美呢？"

妻子说："徐公哪有您美呢？"

邹忌想：徐公是齐国有名的美男子，自己哪里比得上他呢？

他又问妾说："我和城北的徐公比，谁更美呢？"

妾说："徐公不如您美！"

后来来了位客人，邹忌又把对妻妾说的话再说了一遍。

那客人恭恭敬敬地说："徐公确实不如您美。"

第二天，恰好徐公来访，邹忌对他横看竖看，觉得自己哪里都没有他美。晚上，他想了又想，最后明白了："妻子说我比徐公美，是偏护我；妾说我比徐公美，是怕我；客人说我比徐公美，是有求于我。"

于是，邹忌上朝对齐王说："臣确实自知不如城北的徐公美，但臣的妻子偏护我，臣的小妾怕我，臣的客人对我有所求，所以都说我比徐公美。由于这件事，我联想到我们齐国，土地方圆千里，城有一百二十座。宫女左右，没有不怕大王您的；朝里的大臣，没有不偏护大王您的；齐国四境之内的人，没有不对大王有所求的。这样看来，大王所受的蒙蔽是多么厉害呀！"

齐威王听了邹忌巧妙的劝谏，觉得很对，就下令说："以后不管是谁，凡是能当面指责我的过失的，可以得上等的赏赐；能用书面文字批评我的过失的，可以得中等的赏赐；能在大庭广众中议论我的过失的，只要让我知道，就可得下等的赏赐。"

这道命令颁布后不久，文武百官纷纷上朝来向齐威王提出很多意见，齐威王吸收合理的部分，不断修正自己。一年之后，大家都觉得提不出什么意见了。齐国因此渐渐强盛起来。

季梁劝魏王息战

季梁日夜兼程，向魏国的都城赶去。无论刮风下雨，还是烈日高照，他都不敢停一停脚步。他必须赶在魏王发兵攻打赵国都城邯郸之前回到魏国，劝阻魏王不要做这种蠢事。

当他回到魏国都城，一打听情况，许多大臣都反对攻打赵国，只是无法劝阻魏王，都在摇头叹气。他们提醒季梁说："这么多大臣都没有办法改变魏王的主意，你何必去自讨苦吃呢？"

季梁早把个人得失甚至生命置之脑后，他直向王宫奔去。魏王看见季梁大汗淋漓地走进宫中，以为外面发生了什么重大的事情，就要他静下心来慢慢地说。

"我这次外出遇见一个很奇怪的人。"季梁告诉魏王。

"这个人怪在什么地方呢？"魏王这几天被大臣们反对发兵攻打赵国的事弄得昏头转向，听说季梁遇到怪人，感到很新鲜，就催着他说下去。

"事情是这样的，"季梁接着说，"我在路上碰到一个坐在马车上的人，正往北方赶路。我问他到哪里去，他说要到楚国去。我告诉他楚国在南方，你怎么往北走呢？他不以为然地说：'你不用担心，我的马跑得快极了。'我又劝告他说：'马跑得快又有什么用呢？你把方向搞反了！'他依然十分自信，说：'你瞎嚷嚷什么呀？我有很充足的路费，我的车夫有很娴熟的驾驭技术，何愁走不到楚国呢？'我知道再劝也没用，叹了口气说：'可惜你把好车好马用歪了，你这样走下去，离楚国不是越来越远了吗？'那个人不再答话，驾着车还是向北方飞驰而去。"

"真是一个怪人！"魏王感慨地说。

"这个人能不能走到楚国，这不用我们担心。"季梁不失时机地转换了话题，

"可是如今大王要发兵攻打赵国，却直接关系到我们魏国的成败得失。大王依仗地域辽阔、兵精粮足，就无缘无故地去攻打赵国，借以扩张领土、成就霸业。可是，这样不明智的行动必然遭到赵国和天下人民的强烈反对，那么，大王的霸业又怎么能够实现呢？这样的举动越多，大王离自己的目标就会越远，这同驾车向北而要到楚国去的那个人又有什么两样呢？"

魏王听了季梁的话，没有像以前那样大发雷霆，而是夸奖季梁说得很有道理，当即取消了攻打赵国的计划。

甘茂巧谏秦武王

秦武王雄心勃勃地要完成统一天下的大业。有一天，他召集左丞相甘茂、右丞相樗里疾商讨攻打韩国的事，问哪一个丞相愿意带兵出征。樗里疾不同意。甘茂说："要打韩国，必须联合魏国才有力量。魏王那里，我可以去做工作。"秦武王同意了甘茂的建议。

甘茂很有口才，很快说服魏王一起发兵攻韩。可是，他担心樗里疾在秦武王面前做小动作，到时攻韩不成还丢了性命。于是，他派人向秦武王汇报说："魏王方面的工作已经做通了，我们是不是改变主意不要出兵为好？"

秦武王不得要领，亲自赶到息壤这个地方，找到甘茂，问他为什么改变了主意。

甘茂说："要战胜韩国，并不是一件轻而易举的事，我国要消耗很多财力，也不是几个月就能结束战争的。如果中途发生了什么变故，不是要前功尽弃吗？"

"有你主持带兵打仗的一切事务，还担心什么变故呢？"秦武王不以为然地说。

"有些事情的发展是现在难以预料的。历史上曾经有过这样一件事：一个跟孔子的门生曾参同名同姓的人杀了人，有人去报告曾参的母亲说：'曾参杀人啦！'曾参的母亲正在织布，听了头也不抬地说：'我的儿子不会杀人的。'过了一会儿，又有人来报告说：'你的儿子曾参杀人啦！'曾母仍旧不相信儿子会杀人。第二个人刚走，第三个人又来报告说：'曾参杀人犯了大罪，官府来捕人啦！'这次曾母相信了这个谣言，吓得扔下梭子躲了起来。"

"左丞相对寡人讲这个故事，这同出兵夺取韩国又有什么关系呢？"秦武王不明白甘茂葫芦里卖的什么药。

"道理很简单，"甘茂解释说，"如果我率领千军万马离开大王身边去攻打韩国，说我坏话的一定大有人在，万一大王也像曾母那样听信谗言，那么，我的后果可悲且不去说，夺取韩国的大业一定也会付之东流了。"

秦武王想了想说："为了让你一心带兵作战，没有后顾之忧，我一定不听别人的闲言碎语，如若不信，可以给你写个凭证。"

接着，秦武王和甘茂订了一个盟约，就藏在息壤。甘茂被拜为大将，领兵五万，先打宜阳城。没有想到，五个月都没把宜阳城攻下来。右丞相樗里疾趁机对秦武王说："甘茂拖延这么长时间，莫非要搞兵变或投降敌人？"秦武王经不住右丞相的挑唆，下令甘茂撤兵。甘茂派人向秦武王送去一封信，上面只写着"息壤"两个字。秦武王拆开一看，知道自己轻信谗言，动摇了攻韩的决心，觉得很对不起甘茂。于是增兵五万开赴前线，终于攻下了宜阳城。

范雎远交近攻计

公元前270年，秦国穰侯魏冉正要发兵攻打齐国。秦昭襄王接到一封信，上书人说，有紧要的事情要亲见秦王。

秦昭襄王即位后，因为大权都被太后和魏冉操纵了，很不得志，郁郁寡欢，一直很想得到有识之士的帮助，来摆脱太后和魏冉的控制，所以立即答应在离宫召见这个上书的人。

当秦昭襄王如约乘车前往离宫的时候，半路上有一个大汉挡住了去路，不肯避让。

"大王来了!"秦王的侍从大声吆喝着。

"什么,秦国还有大王吗?我只听说秦国有太后、穰侯,从没听说有什么大王呀!"挡道的大汉高声叫嚷着。

这几句话被车内的秦昭襄王听见了,他知道这位大汉不是等闲之辈,赶忙下车,扶起大汉,好言好语一问,才知道此人就是上书的范雎。

秦昭襄王把范雎请到离宫,屏退左右,诚恳地请教治国之策,不论太后、穰侯还是自己的失误,都可以直说。

范雎刚才不肯让道,是用来试探秦王的诚意的,现在看见秦王确实至诚至切,就一针见血地说:"秦国的军事力量足以征服诸侯,可是15年来并没有什么进展,这不能不说是掌握秦国大权的太后和穰侯不愿真心为秦国出力,而大王在策略上也有失偏颇呀!"

秦昭襄王点点头,谦虚地问道:"先生说的都是实话,请你详细地分析给我听听好吗?"

范雎说:"太后和穰侯专权的事,我们以后再细谈,这次单说大王失策的事。眼下穰侯不是正要出兵攻打齐国吗?可是齐国离秦国很远,中间隔着韩、魏两国。大王即使把齐国打败了,也没法把齐国和秦国连接起来,齐国还有得而复失的危险。最好的策略是远交近攻,对齐国暂时团结和好,先把临近的韩国、魏国拿到手,再发兵攻齐,齐国就容易攻下了。"

秦昭襄王十分赞赏范雎制定的远交近攻的策略,就拜他为客卿。几年后,秦昭襄王又撤了穰侯的职,剥夺了太后参政的权力,于是正式任命范雎为丞相。从此,秦昭襄王如鱼得水,倾力推行范雎远交近攻的方针,击破了其余六国的合纵势力,扩大了疆域,为后来秦始皇统一中国在政治、军事、经济诸方面都做好了准备。

苏秦义激张仪计

战国时，苏秦、张仪同为鬼谷子的学生。苏秦以合纵抗秦之说赢得了诸侯的信任，还当上了赵国的相国。可是苏秦担心万一秦国逐个瓦解诸侯，破解了合纵之约。于是他便想在秦国有个能利用的人，这时他想到了张仪。苏秦便派人隐瞒了身份去说动张仪，劝他去拜见同学苏秦，以求显达。

张仪被说动了心，便到了赵国，求见苏秦。苏秦告诫门下不得为张仪通报，同时又吊着张仪的胃口，让他也舍不得离去。过了几天，张仪才见着苏秦。苏秦让张仪坐在堂下，让他吃的也是粗劣的饭食，还数落张仪说："以你的才华，怎么竟落到了这步田地？我并非不能让你得到富贵，只是怕你到时候会给我丢脸！"随后便把张仪赶了出来。

张仪本指望投奔老同学能谋个一官半职，不想竟然受到这等羞辱，不由得气得要命。后来一想，诸侯们谁也奈何不了赵国，只有秦国能和赵国抗衡，给赵国点儿颜色瞧瞧。想罢，他便前往秦国。

苏秦赶走张仪后，便禀明了赵王，派自己的舍人隐瞒了身份暗中跟随张仪，并逐渐与张仪套上了关系，然后又资助给张仪盘缠和车马，张仪因而得以到了秦国，见着了秦惠文王。秦惠文王便拜张仪为客卿，让他帮着自己去攻打诸侯。

这时，那位舍人便向张仪告辞。张仪说："我靠了先生之力才有今天，我正要报答您的恩德，您怎么这么快就要离去呀？"

舍人说："您可谢错了！您的恩人和知己不是我，而是苏秦！苏先生担心将来秦国去攻打赵国，破坏了合纵之约。他认为除了您，再也没有谁能执掌秦国的大权了，因此设计激怒您，并让我暗中资助您。现在您已在秦国得到重用，我也该回去向苏先生交差了。"

张仪一听，感叹了半天，说："唉，我一直被蒙在鼓里未能察觉，这明摆着是我比不上苏君呀！请你回去替我感谢苏君，只要苏君在一天，我决不让秦国攻赵。况且有苏君在赵，我又哪能战胜赵国呀！"

从此以后，一直到苏秦去世，张仪始终没有打过赵国的主意。

苏代巧言得高都

在楚国与韩国的雍氏之战时，韩国向周王室征集兵器和粮食，周王十分为难。苏代知道后，面见周王说："我能让韩国不但不向您征集兵器和粮食，而且还把高都送给您。"

周王很是高兴，于是派苏代出使韩国。

苏代见了韩相公仲，说："你没有得知楚国的计谋吗？楚臣昭应给楚王献计，知道韩国粮食短缺，要用饥饿的办法来对付韩国。如今楚国围困雍氏5个月而火攻不下，是楚王并不相信昭应的计谋啊！你如果向周王室征集粮食、兵器，岂不将粮食缺乏的消息公开告诉了楚国吗？"

公仲说："你说得对。"

苏代接着说："你为什么不把高都送给周王室呢？"

公仲愤怒地说："我不向周王室征集兵器和粮食，已经够照顾他们的了，为什么还要送给他们高都？"

苏代说："给了他们高都，周王室一定会跟韩国修好，秦国听说后，必会焚烧周王室的符节，不与周王室通使往来。这样，你就以一个贫弱的高都，换来了一个完整的周王室。"

公仲说："好啊！"于是，韩国不再向周王室征集兵器和粮食，而且将高都给了周王室。

蔺相如渑池挫秦

秦国没有得到赵国的"和氏璧",一直怀恨在心。不久,秦国侵略赵国,夺走了石城。第二年,秦国又去攻打赵国,杀死了两万人。公元前279年,秦昭襄王请赵惠文王到渑池会盟。赵王不敢去。大将军廉颇和上大夫蔺相如都认为,如果不去,只会显得赵国势弱、国君胆怯,反倒让秦国看不起。赵王只好硬着头皮,叫蔺相如陪他前往。

廉颇带着大队兵马送赵王来到国境线上。拜别时,廉颇对赵王说:"大王,这回您上秦国去,来回路程加上会期,至多不会超过30天。如果过了30天您还不回来,请答应把太子立为国君,好让秦国死了心,不能要挟大王。"

赵王点头说:"好,太子和国事就托付给大将军了。"

到了会盟的那天,秦王和赵王在渑池相见。在宴会上,秦王喝了几杯后,乘着酒兴说:"听说赵王喜好音乐,请用瑟弹一曲吧。"

赵王不敢推辞,红着脸弹了一曲。秦王斜着眼睛对旁边的史官微微一点头,史官会意,就上前把这事记了下来,还念了一遍:"某年某月某日,秦王和赵王在渑池会盟,赵王为秦王鼓瑟。"

蔺相如知道这是秦王有意侮辱赵王,把他当臣下看待,还要把这种耻辱记在史册上,让赵国丢尽了脸。他想了想,拿了一个瓦缶,上前跪在秦王跟前,说:"赵王也听说秦王挺能演奏贵国的音乐,现在我为大王捧上一只瓦缶,请大王演奏一段吧。"

秦王一听,可生气啦!高昂着头,理也不理蔺相如。蔺相如站起来,厉声说:"秦国虽然强大,但是在这不到五步的地方,我可以把我的血溅到大王身上去!"

秦王见蔺相如高举着瓦缶,如果真的砸下来,自己的脑袋可能不会完整了。两边的侍卫这时一个个吓得目瞪口呆,不知如何是好。秦王不想吃眼前亏,只好用筷子轻轻地敲了一下瓦缶。蔺相如回头叫赵国的史官也把这事记下来:"某年某月,赵王和秦王在渑池会盟,秦王为赵王击缶。"

秦国的群臣挺不服气,叫道:"请赵国用十五座城,作为对秦王的献礼!"

蔺相如也毫不示弱,叫道:"请秦国割让都城咸阳,表示对赵王的敬意!"

这时,秦王得到密报,说赵国的大军就驻扎在临近的地方,于是便不敢轻举妄动。会盟的气氛缓和下来后,双方签订了互不侵犯条约。

毛遂自荐说楚王

公元前257年,秦军包围了赵都邯郸。赵国的平原君赵胜受命去楚国讨救兵。他挑选了19个文武双全的门下食客,正准备出发。这时有个叫毛遂的食客向平原君自荐,要求同去楚国。

平原君问:"您在我门下有多久了?"

毛遂答道:"已有3年了。"

平原君冷冷地说:"一个贤能的人活在世界上,好比一把锥子藏在口袋里,锥子的尖儿立刻就能看见。可是您在我这里都三年了,我却从没听说您有什么突出的地方。您既然没什么才能,带您去有什么用?"

毛遂说:"要是我毛遂早被您放在口袋里,早就脱颖而出了,哪里只露出个锥子尖儿呢?"

平原君见他善于言辞,态度又诚恳,就带他同行。

到了楚国,平原君和楚王在朝堂上商量联合抗秦的事,毛遂和其余19个人在台阶下等着。两人谈了半天也没个结果。

这时,毛遂忍不住径自走到平原君身边,说:"该不该联合抗秦,几句话就行了,怎么老半天了还没说完呢?"

楚王冒火了:"我跟你主人商量天下大事,怎么要你来多嘴?还不快给我下去!"

毛遂拿着宝剑，快步靠近楚王说："天下大事，天下人都有说话的份儿，这怎么叫多嘴？"

楚王见他按着宝剑，心里很害怕，嘴上软了下来："那么，我倒要听听你有什么高见。"

毛遂说："楚国有五千里土地、一百万甲士，称得上威势赫赫。但是，秦国的白起，这个微不足道的小人物，只带了几万兵马，就占了你好几座城，把你们的国都拿去改成了秦国的南郡，你们的祖先也遭到了他们的蹂躏。这样的耻辱，这样的仇恨，每个楚国人永生永世也忘不了，难道大王就不想雪耻报仇吗？今天跟您商议抗秦的事，还不是为了楚国，怎么单单是为了赵国呢？"

这几句话就像锥子似的扎在楚王的要害之处，楚王无法辩驳，只得温和地说："对，对，我同意与贵国联合抗秦。"

于是毛遂盼咐楚王身边的侍从拿来鸡血、狗血和马血，捧着盛血的铜盘子，跪到楚王面前说："请大王歃血来表示联合抗秦的诚意，其次是我主人，再次是我毛遂。"

毛遂三言两语，就使楚王和平原君歃血为盟。堂下的19个人都佩服毛遂的胆量和辩才，纷纷说："这把锥子，今天算是脱颖而出啦！"

平原君回到赵国，奉毛遂为座上宾。

军事卷

曹刿长勺论战术

公元前684年,齐国发兵攻打鲁国。齐将鲍叔牙率军一直打到鲁国长勺。

鲁国有个精通兵法的人叫曹刿,听说鲁庄公准备抵抗齐军,就主动去求战。

他的亲友劝说道:"国家大事,自有那些天天吃肉的大官们管着,我们小民百姓瞎操什么心呢?"

曹刿说:"不,那些大官们目光很短浅,他们不会有什么深谋远虑的。"

鲁庄公召见曹刿后,觉得他很有智谋,就同他带着大军去长勺迎敌。

在长勺,齐鲁两军相遇。

齐将鲍叔牙轻视鲁军,下令击鼓进兵。

鲁庄公听对方鼓声震天,也准备击鼓迎敌。

曹刿阻止道:"等一等!"又传令军中:"谁要喧哗,斩!"光叫弓箭手守住阵脚,不许乱动。

齐军来冲鲁阵,但鲁阵如铁桶一般坚固,冲击不动,齐军只得退后。一会儿,齐军又擂了一通战鼓,但鲁军像扎根似的,一动也不动,齐军又退。

齐军擂罢三通鼓时,曹刿才对鲁庄公说:"现在可以进兵了。"

这时,鲁军战鼓一响,早就憋着一股子劲的鲁军将士个个如下山猛虎,以迅雷不及掩耳之势冲杀过去,杀得齐军全线崩溃,落荒而逃。

鲁庄公正想下令追击,曹刿却又阻止道:"慢,让我瞧瞧再说。"他站在兵车上,手搭凉棚往前瞭望,望了一阵子,又下车仔细察看齐军兵车碾过的轮迹,才跳上车,说:"现在可以追击了。"

鲁庄公下令追击,把齐军全部赶出了国境,还得了好多敌人的兵器和车马。

打了胜仗后,鲁庄公问曹刿为什么这样指挥。

曹刿说:"打仗,主要是靠勇气。打第一通鼓时,士兵们的勇气最足,如果这时候不交锋,到再擂一次鼓时,勇气就有些衰落了;到第三回,就是鼓响得再怎么厉害,士兵们也鼓不起劲来了。他们的勇气消失了,我们则一鼓作气、斗志昂扬,怎么会打不赢他们呢?"

"有道理,有道理。"鲁庄公接着又问,"齐军既然被我们打败了,你为什么不立即让士兵追击呢?"

曹刿说:"齐国是大国,鲍叔牙又是名将,不可低估,说不定他们逃跑是假的,前面有埋伏。我下车看他们兵车的轮迹混乱,旗帜也倒下了,断定他们是真败了,这才放心追击。"

鲁庄公赞扬道:"您真是精通兵法啊!"

栾枝尘土惑敌军

晋文公五年(公元前632年)四月,晋楚两国在城濮(今山东鄄城西南)交战。

"这帮废物,被晋军的几张老虎皮就吓破了胆,这么轻而易举地就断送了我右路进军线。我早就知道陈、蔡两国的军队多是窝囊废。偏偏国君就轻信了他们。"楚军主帅子玉对楚、陈、蔡联军在右路进攻中的失利大为不满,因为承担右路攻晋任务的陈、蔡两国军队在兵力上远远超过晋军,可是晋军将领胥臣使用了迷敌之计,他让晋兵用一张张假虎皮蒙在马身上向敌军发动反击。陈、蔡军中的战马以为遇到了真老虎,尚未交战,就吓得扭头便跑。胥臣乘势指挥晋军勇猛追杀,陈、蔡联军被杀得大败而归。

"从右路军进攻失利的教训中，我们可以看到，敌人并没有什么强大的力量，因而只得搞些鬼花样。我们决不能临阵退却、畏敌如虎，一定要严明军纪。凡是作战中奋勇争先者，有重赏；哪个敢不战而逃，折我楚军威风的，立斩不赦！"

主帅子玉声色俱厉的训话，吓得楚军将领们一个个胆战心惊。他们原封不动地把命令传达给了自己的下属。

第二天，楚军大部队在城濮与晋军对阵。子玉一看，晋军果然兵力不济。

"靠这么几支小队人马就想与我大楚国交战，真是太不自量力了。传我命令，全线进攻！"

主帅命令一下，楚军士兵便凶猛地向晋军冲杀过去。那些晋兵看来也真不经打，不几个回合，便开始向后败退。

晋军官兵夺路逃命，身后是一片因慌不择路而扬起的烟雾尘土。

"嘿嘿，我早就知道这些晋军不堪一击，看看他们那败退的狼狈相。命令部队，全速追击！"看到晋军亡命的样子，子玉觉得已是胜券稳操的了。

楚军官兵拼命追赶，可是，当追到一处低洼地时，前方目标突然消失了。

"不好，大帅，此地似有埋伏。"楚军一位偏将对子玉说。

"来不及后退，有埋伏也得朝前冲……"

"咚咚咚！"子玉的"冲"字还没有说完，只听一阵鼓响，洼地四周同时杀出了几路晋军。

左面是晋国大将先轸，右面是狐毛。前面刚才败走的晋军也在主将栾枝率领下杀了回来。楚军退路也被堵住了，一下子成了瓮中之鳖，被杀得大败。

原来，左路晋军将领栾枝运用了一个迷敌之计。他让士兵们在战车的尾部绑上柴草，让马拉着往后跑，假装败逃。柴草刮在地上，烟尘四起，受到迷惑的楚军将帅还以为晋军真的败退了，于是劲头十足地带领楚军进入了晋军的伏击圈。

孙膑减灶诱敌人

孙膑自围魏救赵一战成名后，一晃十三年过去了。魏国这次伙同赵国去攻打韩国，韩国频频向齐国告急求援。齐威王又派田忌为将，孙膑为军师，前去救韩。

田忌有了上次围魏救赵的经验，胸有成竹，准备把计策再用一次。当上千辆兵车驰出齐国国境时，田忌准备指挥齐军直指魏都大梁。孙膑却让田忌下令大军早早安营扎寨。

田忌问："军师，兵贵神速，怎么可以早早休息？"

孙膑说："现在魏国刚刚向韩国发动进攻，如果我们急忙出兵相助，实际上就是我们代替韩国承受魏军最初的打击。这样一来，就不是我们指挥调度韩军，反而是我们听任韩军的指挥调度了。所以说，马上去奔袭魏都大梁是不合适的。只有当魏、韩这两虎争斗一番以后，我们再发兵袭击大梁，攻击疲惫不堪的魏军，挽救危难之中的韩国，这样对我们才更有利。"于是齐军在路上泡了一个多月，才向大梁发起攻击。

魏王见齐军打来，急忙命令大将庞涓从韩国回兵救魏，又派太子申为上将军，与庞涓合兵十万，抵抗齐军。孙膑知道庞涓的部队将到，就向田忌献上"减灶诱敌"的妙计。

当魏齐两军刚刚遭遇，还没交锋，孙膑就下令部队撤退。庞涓追到齐军驻地，只见地上满是煮饭用的灶坑，连忙叫士兵去清点，根据灶坑的数量，庞涓估计齐军有十万之众。齐军一连三天争相退却，庞涓仍派人去数灶，第二天发现齐军留下的灶坑只够五万人煮饭了；第三天，灶坑减少到只够三万人煮饭了。庞涓得意地说："我早就知道齐军胆小怕死，进入我国境内才三天，兵士就逃走了大半。"于是他抛下步兵辎重，只带轻装健儿，昼夜兼程，紧紧追赶齐军。

这一天，齐军退到马陵道。孙膑见这里路狭道窄，两旁又多险阻，很适宜设兵埋伏。再计算庞涓的行程，估计他将在黄昏时赶到这里，就命令士兵砍下一些树木堵塞去路，又选了一棵大树，将树干削去一大块皮，露出光滑洁白的树身，然后在上面写上一行黑字。接着，孙膑命令一万名弓箭手夹道埋伏，对他们说："等到魏军来到，大树底下有人点火，就万箭齐发。"

天刚黑，庞涓真的领兵追到马陵道。在士兵们搬走拦路的树木时，有人发现路旁大树上的字，忙向庞涓报告。庞涓叫士兵点燃火把一看，只见上面写着"庞涓死于此树之下"，不由得大惊。此时，齐军对准火光处万箭齐发，箭如雨下，魏军死伤无数，庞涓也身中数箭，倒在血泊之中。他自知中计，绝难脱身，只得拔剑自杀。齐军乘胜追击，俘虏了魏太子申，彻底打败了魏军。

王翦以逸待劳计

秦王嬴政把大将王翦送到灞上后，还要再送一程。王翦赶忙拦住君主的马头。

"大王，您不要再送了。千里送行终有一别，何况宫中大臣们都在等着您。"

"好，老爱卿，这次重振我大秦威仪的希望，就寄托在您身上了。上次我没有听您的话，让李信他们出战，结果吃了败仗，丢了咱秦国的脸。老爱卿识大体、顾大局，体谅寡人的难处，寡人很高兴，也很感激。"

"大王，您说到哪里去了。为大王开疆拓土，荡平天下，是咱为将的本分。大王，请回吧。"

"老爱卿，那我们就此作别，预祝爱卿马到成功。"

"多谢大王。"

王翦与秦王在灞上长揖而别，而后督率60万大军直入楚地。

"将军，我们是否要即刻组织进攻？"

"不，传我命令，全军进入阵地后，首要任务是构筑营垒，然后好好休养。"

一到楚国境内，王翦便向部将下达了命令。大军于是就地扎营，高筑营垒，精修工事。

不久，楚国调集了所有的军队前来对阵，一日数次派兵到秦军营前叫阵挑战。可是，秦军免战牌高悬数月，就是不予理睬。

在秦军营内，士兵们除了例行的操练外，就是吃喝玩睡。王翦还特地让军需部门从后方调运了大批牛羊到军中，宰杀给官兵们享用。不久，秦军士兵便被养得像一头头健壮的公牛了。

王翦闭门不战的消息终于传到了京城，于是有人到秦王面前告发王翦胆怯畏敌。

"不要瞎猜，王老将军自有破敌良策。"秦王对王翦充满了信心。

果然，不久前线的捷报就传来了。秦军与楚军交战，大获全胜，还杀死了楚国名将项燕。

原来，秦将王翦使用的是以逸待劳之计。秦军闭门休战，养兵休整，始终士气旺盛。而楚军长时间暴露在秦军营垒之外，日子一久，个个精疲力竭、疲惫不堪，不用说交战，就是不交战也已坚持不下去了。楚军将领被拖得无可奈何，只得率军撤退，而这又正中王翦下怀。一见楚军后撤，王翦即令秦军全线进攻。健壮骁勇的秦兵锐不可当，顷刻间便把楚军打得大败。

陈胜鱼狐兴兵计

公元前209年七月，有两名秦朝军官押着九百名壮丁到渔阳（今北京市密云区）去驻防。这时正是夏天，常常下雨。队伍来到大泽乡（今安徽省宿州市西南）时，因为此地靠近淮河的支流浍河，地势低洼，暴雨连续下了几天，把道路都淹没了。队伍只好扎下营来，等天晴了再走。

这九百人的队伍中有两个强壮的大汉，被推为屯长。一个叫陈胜，是阳城（今河南省登封市东南）人；一个叫吴广，是阳夏（今河南省太康县）人。这天夜里，他们在帐篷里低声商量着怎么死里逃生。原来，按照秦朝的法律，误了日期就要被杀头，而现在再怎么赶路，也不能按期到达渔阳了。

陈胜说:"既然误了期,到渔阳是死,现在逃走被捉住了也是死,还不如干脆拼死造反呢!"

吴广说:"朝廷那么强大,我们怎么造反呢?"

陈胜说:"天下人受秦皇暴政的苦已经很久了。听说秦二世是秦始皇的小儿子,按理不该由他来继承皇位,继承皇位的应当是他的大哥公子扶苏。因为扶苏常常劝他老子不要多杀人,就被秦始皇派去守长城了。如今听说秦二世为了篡位,害死了公子扶苏。老百姓只听说扶苏很英明,但还不知道他的死讯。楚国的大将项燕,曾经立下赫赫战功,对部下又十分爱护,很得人心。有人说他死了,有人说他在楚国灭亡时逃走了,楚国人很怀念他。要是我们现在假借公子扶苏和楚将项燕的名义,号召天下百姓反对秦二世,响应起义的人一定会很多的。"

吴广觉得很有道理,就同意和陈胜一起干。当时的人都很迷信鬼神,两人就决定利用这一点,先要取得九百个壮丁的信任。他们上街买了块绸子,上面用朱砂写着"陈胜王"三个大字,然后把这块绸子暗暗塞进鱼肚里。一个壮丁从街上买回了这条鱼,剖开肚子发现了这个字条,这事一下子在壮丁中就传开了。

那天晚上,陈胜又叫吴广到营地附近的一座破庙里去,在一个竹笼里点上烛火,然后把它放在草木丛中,远远望去,就像忽明忽暗的"鬼火"一般在闪烁着。吴广还躲在那里模仿着狐狸的声音,叫着:"大楚兴,陈胜王。"大家越发觉得奇怪,认定陈胜是个"真命天子"。

吴广一向爱护别人,壮丁们大多和他很合得来。一天,他趁两个军官喝醉时,故意要军官放他们回家,想用这些话来刺激他们,使他们发火,来当众侮辱自己,以激起大家的不平。两个军官哪知是计,果然扬起鞭子,狠狠抽了吴广几下。吴广大骂起来,军官就拔剑要刺。陈胜、吴广见火候已到,就冲上去夺过两个军官的剑,将他们刺死了。接着,陈胜、吴广号召大家起来造反,九百个壮丁一齐响应,揭竿而起。于是就发生了中国历史上第一次大规模的农民起义。

郦食其智取陈留

公元前207年,刘邦率领军队浩浩荡荡西进,路过陈留(今河南省开封市东南)。陈留高阳乡的郦食其,满腹经纶,早想帮着刘邦打天下。

几经周折,郦食其得以进入军营。

正在洗脚的刘邦听说有谋士前来献计,光着脚,来不及穿鞋,忙请郦食其坐下:"郦先生,以您之见,如何才能得到天下呢?"

郦食其朗声开口道:"先要占领陈留。陈留是天下重镇,历代为兵家必争之地。这里贮存着几千万石粮食,城池坚固易守。我平时和陈留令相处甚好,愿意为您去劝降。如果他不愿意投降,我将设计取他首级,夺取陈留。到那时候,您就可以统领陈留军民,占领陈留的城池,食用陈留的粮食。然后,扩大军队,横行天下,没有哪个人能与您匹敌!"

刘邦高兴得击掌大笑:"好,好,我听您的!"

当夜,郦食其潜入陈留城,找到陈留令,劝降道:"秦朝滥杀人民,天下人都背叛它。你如果跟天下人一起造反,一定能干一番大事业。如今,刘邦军队兵临城下,你却为快灭亡的秦朝守城,我认为您这么干太危险啦!"

陈留令板起脸说:"秦朝法令严酷,乱说会招来杀身之祸。我不会听你的书生之见,你也别再胡说八道啦!"

"好样的!"郦食其猝然大笑着竖起大拇指。笑罢,他突然哀声诉说:"告诉您吧,我刚才是试试您是否忠于朝廷。实不相瞒,我族中亲人,有7人被刘邦所杀。我郦食其与刘邦不共戴天,不报此仇枉活此生,誓与您同守陈留城!"

陈留令被感动了,说:"我想您怎么会变了呢?天色已晚,您就在这里住下。明天,你我同商守城大计!别伤心,我替您报仇!"

半夜时分,寂静无声,陈留令进入了梦乡。郦食其蹑手蹑脚地爬起来,把他一刀宰了,然后手拎人头,越过城墙去见刘邦。

刘邦大喜过望，连夜率军强攻陈留城。守城士兵正探头向下望，只见灯光闪烁处，墙底下冉冉升起一根长竹竿，上面挂着陈留令血淋淋的人头。士兵们吓得魂飞魄散。郦食其在城下大声吆喝："识时务者为俊杰，快下城投降。谁不肯下来，陈留令就是榜样！"

群龙无首，几万陈留守兵顿时失去了战斗力，打开城门，向刘邦投降。刘邦的力量大大增强。

韩信木罂渡军计

汉高祖二年（公元前205年）的一天，刘邦在荥阳宫大发脾气。原来，已经归从他的魏王豹，看到刘邦在彭城之战中被项羽打败，就找借口回故地探望母亲。他一回到封地，项羽就派人去游说。魏王豹于是决定叛汉联楚，点起10万人马，把守平阳关，截断河口，抗拒汉军，准备跟楚、汉三分天下。

刘邦要发兵去攻打魏王豹。谋士郦食其谏道："我跟魏王平时有点交情，让我先去劝他一劝，如果他仍然不服，大王再发兵也不迟。"刘邦同意了。

郦食其火速赶到平阳（今山西省临汾市），见到魏王豹，反复说明利害，要他归附汉王。

魏王豹说："汉王把诸侯和臣下看作奴仆一样，今天骂，明天骂，我可受不了！请先生别来游说了！"

刘邦见郦食其碰了钉子回来，气得七窍生烟，当即任命韩信为左丞相，和灌婴、曹参统帅10万大军渡河击魏，开辟北方战场。魏王豹闻讯后，把重兵调集到蒲坂（今山西省永济市蒲州镇），封锁了黄河渡口临晋关。

韩信来到临晋关，派人一侦察，对岸全是魏兵，只有上游夏阳（在陕西韩城南）魏兵不多，于是决定在夏阳渡河。渡河需要木船，但他们只有100多只，不够用。韩信就派人砍伐木材，并去收买小口大肚的瓶子（古时候叫罂）。

灌婴和曹参不明白韩信买罂的用意，就请他解释。韩信说："把几十只口小肚大的瓶子封住口，排成长方形，口朝下，底朝上，用绳子绑在一起，再用木头夹住，叫做'木罂'，用它做成筏子，可以比一般筏子多载人啊！"灌婴和曹参听了好不佩服，就各自忙着伐木购瓶去了。几天工夫，所需之物一一准备齐全。

这一天，韩信命令灌婴带领一万兵马和一百多只船，在临晋关黄河的对岸排开阵势，假装要渡河的样子。魏王豹率领重兵虎视眈眈、严阵以待。谁料想，韩信和曹参却偷偷地带领大军连夜把木罂运到了夏阳。

魏王豹等了几天，并不见临晋关对岸发兵，以为汉军一时不敢渡河。正在这时，安邑守军来报，韩信已攻下安邑，向平阳方向杀过来了。魏王豹大惊：上游的夏阳向来没有船只，难道汉军是飞过河的？魏王豹仓促之间领兵去阻挡，但是以木罂渡河的汉军在安邑得手后，士气更旺，一路势如破竹，魏军哪里抵抗得住？魏王豹正想往临晋关退去，灌婴的兵马却趁临晋关空虚之机，挥师渡河，攻占了关口，也向平阳冲来。两路夹击，腹背受敌的魏王豹只得下马投降。韩信很快平定了魏地。

纪信舍身救汉王

公元前204年，楚汉战争已进入胶着状态。汉王刘邦及其部众被楚军长期围困在荥阳城里，已弹尽粮绝、内外交困。刘邦企图依靠城中军民固守孤城，与项羽继续抗衡，但已经不可能了。

如何杀出重围，保护汉王摆脱绝境，又保存汉军主力，不致全军覆没呢？汉王的谋士们煞费苦心，终于想出了一个偷梁换柱的计策。

这一天，楚军官兵见被围困在荥阳城内的汉军突然打开了东城门，便大声叫喊着，立刻缩紧了包围圈。

在朦胧的夜色中，只见数千名汉军官兵簇拥着一辆黄色伞盖的马车，朝城外冲杀出来。很快，他们便陷入了数万楚军的刀枪阵中。

"务必生擒汉王！"项羽向部将下达了死命令。楚军官兵只得放下弓弩，拎起刀剑，与汉军近身作战了。

书着斗大的"汉"字的旗帜，在夜风中猎猎作响。汉军士兵十分勇猛，虽然有的人十分矮小，有的人看上去行动不便，但都具有一种殊死拼搏的精神。

可是，等到真正接上战斗，楚军才发现，这些汉军几乎都是由妇女和儿童组成的。

这支部队如何经得起剽悍的楚军的围攻？很快，汉王刘邦的马车就完全暴露在楚军面前，车前挂起了表示愿意投降的白布条。

"且慢，待大王到后亲自举行受降仪式。"

一位楚军将领一把拖住正要冲上前的一名小校。

一会儿，项羽骑着战马赶到了。楚军官兵都闪在了一旁。

"哈哈哈，汉王，你终究也有今天。"

项羽一剑挑开了汉王马车上的垂帘。

"哈哈哈——霸王，你高兴得太早了。我要告诉你，汉王早已与诸将从西门走了。"随着一阵开怀大笑，从马车上走下一位气宇轩昂的汉军将领来。

"啊——"项羽与楚军官兵大惊失色，只见从车里走下来的竟是汉军将领纪信。

就是这位纪信将军，当他看到荥阳城中已无险可守时，赶到汉王处谈了自己替主诈假降的设想。因为情势太紧迫了，陈平与其他几位谋士一起苦谏汉王，最终采取了纪信的突围之策。

最后，大将纪信被项羽用烈火焚烧而死。

陈平白登解围计

汉高祖七年（公元前200年），匈奴冒顿单于带领四十万人马，一直打到了太原，围住了晋阳。汉高祖刘邦亲自率领大军抗击来犯之敌。打进晋阳后，刘邦听说前队兵马节节胜利，就想大举进攻。

派去侦察的人回来后，都这样说："匈奴的冒顿部下大多是老弱残兵，他们的马也挺瘦，陛下请下令追击吧！"

刘邦仍不放心，派奉春君刘敬去匈奴那儿谈判，其实是再去摸一下底。刘敬回来后说："我看到匈奴的人马确实是不堪一击，但是，我想这里肯定大有文章。陛下您想，如果匈奴的军事力量十分薄弱的话，怎敢大举进犯我中原呢？我认为这一定是匈奴人施的'示弱之计'，引诱我们去追击，好把我们装进他们的包围圈。请陛下三思而行。"刘邦想，既然大家看到的都是老弱残兵，还怕他们什么？就把刘敬关进了监狱。

刘邦恐怕行动慢了会放跑冒顿单于，就急急忙忙地带了一队骑兵，先追上去。谁知刚到平城（今山西大同），匈奴的四十万人马就围了上来。他们个个兵强马壮、精神抖擞。刘邦这才想起刘敬的忠告，不由得捶胸顿足起来。刘邦咬咬牙，率军杀开一条血路，退到了平城东面的白登山。此地山势险要，匈奴人虽然一时没有攻上山去，但他们只派几万人围住白登山，其余兵马分头在要路口拦截救援的汉军。这样，白登山上的汉军就成了一支内无粮草、外无救兵的孤军了。

到了第四天早上，刘邦、陈平正在山上瞭望，忽见山下有女骑兵在奔驰，一打听，原来冒顿单于的王后也来了。陈平猛然想出一条妙计。

第二天，陈平派了一个使者去见匈奴王后。一路上，使者用黄金买通了匈奴将士，很快见到了匈奴王后。使者献上一大堆精美的珠宝后，又呈上一幅美人图，说："中原皇帝恐怕匈奴大王不肯退兵，就准备把中原最漂亮的女子献给匈奴大王。这是她的画像，先给大王看个样子。"

匈奴王后展开一看，好个美女子：眉似初春柳叶，脸如三月桃花；玉纤纤葱枝手，一捻捻杨柳腰；满头珠翠，引得蜂狂蝶乱；双目多情，令人魂飞魄舞。连匈奴王后也看痴了。她忽然心里一惊：要是单于得了这天下第一号美女，从此我不是要被冷落了吗？忙对使者说："这个就不用了，我请单于退兵就是了。"当晚，王后劝说冒顿单于退兵。冒顿单于叫汉军送了很多礼物，才撤开一角，放刘邦他们出去。

刘邦回到家，首先把刘敬放出监狱，还加封他为关内侯。接着，把那些劝他立即追击的使者全部砍了脑袋。

李广阵前空城计

汉景帝在位时，匈奴大举入侵上郡（今陕西省北部及内蒙古自治区部分地区），皇帝派了一个宦官随"飞将军"李广训练军队。一天，这个宦官带领几十名骑兵纵马奔向前方，遇到了三个匈奴人，就和他们打了起来。这三个匈奴人转身就射箭，箭无虚发，不仅射伤了宦官，还把他带去的骑兵几乎都射死了。那宦官急忙逃回李广那里。

李广说："这三人一定是匈奴的射雕能手！"就带领一百多名骑兵，飞也似的去追赶那三个匈奴人。追了几十里，追上了那三个徒步而行的匈奴人。

李广命令部下左右散开，从两边包抄过去。李广拉开弓，只两箭就射死两人，剩下的一个被活捉了。一审问，果然是匈奴的射雕人。李广喝令把俘虏绑在马上，正准备回营，远远望见几千匈奴骑兵飞奔过来，扬起的尘土遮天蔽日。但是，那匈奴将领见了李广他们百来人，以为是汉人的诱敌疑兵，恐怕中了埋伏，立刻上山列下了阵势。

且说李广的骑兵见了对方，也大吃一惊，都想掉转马头往回撤退。李广阻止道："匈奴人不敢攻击，反而防御，这说明他们不知我们的虚实。现在我们离开大军有好几十里路，如果慌张逃跑，他们追上来一顿乱箭，我们马上就会被杀光。如果我们留下来不走，敌人一定会认为我们在施诱兵之计，那就绝对不敢来攻击我们。"李广接着命令部下继续向前进发。直到离匈奴阵地约两里远的地方才停了下来。

李广又命令道："大家都下马，把马鞍也卸下来！"

有个骑兵问："敌人是我们的数十倍，又离我们这么近，一个冲锋便到我们眼前，这太危险了。"

李广说:"敌人以为我们会退走,谁想我们偏偏都卸下马鞍,他们就更相信我们确是诱敌的骑兵了。"

部下都提心吊胆地卸下马鞍,躺在地上休息。匈奴人果然不敢攻击他们。这时,有个骑白马的匈奴将领出阵来检查他的部下。李广飞身上马,率领十几个骑兵,向那个匈奴将领冲去。李广一箭射死了他,又重回队伍,卸下马鞍休息。一会儿,天色渐渐暗了下来,匈奴人心里十分疑惑,始终不敢发起攻击。到了半夜,匈奴人生怕汉军会发动偷袭,就悄悄撤走了。

第二天天刚亮,李广见敌军已不见影踪,才率队返回军营。

赤眉军豆子诱敌

西汉末年,王莽篡权,施行暴政,广大农民陷于水深火热之中。绿林军、赤眉军相继起义,西汉皇族刘秀也伺机拉起了一支义军。公元25年,刘秀与绿林军公开决裂,于河北称帝,建立东汉。不久,他开始对付农民起义军。

公元27年正月,东汉梁侯邓禹带领车骑将军邓弘包围了湖县(今河南灵宝西),袭击赤眉军,企图一举将其围剿干净。

日近黄昏,双方人马在旷野中展开厮杀。东汉派来的精兵强将实在太多了,赤眉军寡不敌众,再硬拼下去,势必全军覆没。

三声锣响,赤眉军人马迅速撤退回城。

烛光摇曳,赤眉军的首领们在挑灯研究对策。一会儿,巡逻的军官上气不接下气地冲进来,喜形于色地汇报:"邓弘部下的好多粮草被我们截获,他们快成一群'饿死鬼'啦!"

听到这话,大伙儿乐了。一位谋士马上拍掌大笑:"咦,何不来个豆子诱饥兵妙计!"他如此这般地把妙计细细道来……

第二天,曙色刚露,赤眉军忽然大开城门,纷纷败退。他们丢下好多车辆,像是人心慌乱无暇顾及的样子。所有的车里都装满了土,仅在表面蒙上了一层豆子，只等"鱼儿"上钩。

邓弘的士兵饿着肚子追上来，见到一车车豆子摆在眼前，再也没心思追赶赤眉军了，纷纷围上车子，你争我夺，顿时叫骂声、扭打声四起，阵容大乱。赤眉军见敌人中计，立即高声呼喊，回军反击，打败了邓弘的军队。

廉范无中生有计

汉明帝永平十六年（73年）的一天晚上，疏星淡月，万籁俱寂。云中（今内蒙古托克托一带）太守廉范在军营帐篷内一会儿踱步苦苦思索，一会儿翻阅着已经烂熟的兵书。最近北方匈奴又大举进攻，云中太守廉范奉命抵抗。当时他手下部队只有匈奴的一半，形势很是危急。

"廉大人，依小人之见，还是向四周友邻求救，才是上策。"一位部将建议。

廉范摇摇头，说："请求增援当然可以一试，但匈奴这次是大举进攻，万一友邻只顾自己不肯增援，或者确实分不开兵力呢？我们应该立足于自己的力量抗击强敌才是啊！"

那个部将说："可眼下我们的兵力实在是太少了。"

"兵不厌诈！"廉范突然说，"我们用假象欺骗敌人，对！可用无中生有之计……"

"无中生有？"部将疑惑地问，"怎么个无中生有法？"

廉范这时两眼放光，对部将一番布置。部将点点头，马上照廉太守的计谋去办。

门口，几个哨兵举着火炬在来回巡逻，火炬的一头是火，另一头握在手中。可是，一会儿，军营中所有的兵士都出来了，每人手里拿一个十字形火炬，用手握住一头，其余三头都点着火，然后在军营里分散站开。这样，好像一个人变成了三个人。

这时，和汉军对峙的匈奴人的军营里，主帅闻报：廉范的军营里到处是举着火炬的士兵。匈奴主帅以为汉朝的增援部队已经来到,即将要发动攻击,因此很是害怕。天色微明,群星消失,大地一片苍茫,匈奴部队急急收起帐篷,向北撤退。廉范命令士兵们紧擂战鼓,喊杀声惊天动地,一个冲锋,杀敌数百。匈奴兵慌忙中自相践踏,又抛下一千多具尸体,让他们做了"异乡鬼"。

虞诩示强惑羌军

汉安帝元初二年(115年),西北的羌族起兵进攻武都(今甘肃省成县西)。朝廷委任虞诩为武都太守,叫他领兵征讨羌军。

虞诩率领三千兵马来到陈仓(今陕西省宝鸡市东)境内的崤谷附近,见这里地势险要,易守难攻,生怕中了埋伏,忙派出探子前往侦察,果然发现崤谷埋伏了大批羌军。虞诩觉得不易硬攻,决定先用假象分散敌兵,然后再乘机突破崤谷天险,进占赤亭,直逼武都。于是,虞诩命令部队扎营待命,并四处传言:"我已派人报告朝廷,请求援兵。援兵一到,我们就开始进攻。"羌军头领得到这样的消息后,心想:虞诩凭三千人马,怎敢进攻险要的崤谷?待汉朝的援兵赶到这里,还有好多天的路程呢。于是,他就留下少数羌军守住崤谷,其余的分散到各地抢掠去了。

虞诩乘机命令部队立即出发,突破崤谷,日夜兼程,以每天一百多里的速度向赤亭疾进。途中休息,他让官兵增加一倍的锅灶,饭后也不毁掉;第二天,他又命令增加两倍的锅灶。

部下奇怪地问虞诩:"当年孙膑斗庞涓是逐日减灶,您怎么逐日增灶?兵法上说,军人日行不能超过三十里,以防意外。而您却督军日行将近200里,这是什么道理?"

虞诩说:"敌军势众,我们人少,行军速度慢了容易被敌人追上,急行军能使敌人摸不清我们的情况。敌人见我们的锅灶日益增多,必定认为我们有了援军。我军人多而行进速度又快，敌人就肯定不敢轻易追赶了。当年孙膑示弱，今天我虞诩示强，这是因为形势不同的缘故啊。"大家连连称是。

羌军见虞诩突破了崤谷，慌忙追赶上来。但发现虞部的锅灶逐日增多，以为他们有了援军，果然吓得不敢再追了。

虞诩率领不到3000人马到达武都，却被1万多羌兵包围住了。为了迷惑羌军，虞诩命令汉军不准发射强弓，只用小弓箭射击攻城的羌军。于是，羌军以为汉军弓力弱，射不到他们，便一窝蜂似的急攻而上。这时，虞诩命令二十个强弓手集中射击一个羌军，每发必中。羌军大惊，仓皇败退下去。虞诩见羌兵败退，便率部掩杀过去。

第二天，虞诩决定再给羌军一种假象。他让所有官兵列成长队，雄赳赳地从东边城门出去转了圈，再从北边城门进来。进城后更换衣服，又从这个城门出去，那个城门进来。一天反复好几次。这样，羌军以为汉朝又派了几万援军，吓得赶快撤退。

杨璇石灰火马阵

"太守大人，您画这稀奇古怪的车辕干吗？"一位部将不解地问零陵郡太守杨璇。

"嗯，我要布一奇阵。现在叛军兵力三倍于我，我们如果按常规打法，就无法取胜。"年近花甲、颇有儒将风范的杨璇，手持画笔，笑眯眯地说，"快去把军中工匠叫来。"

一会儿，那位将军便领来了军中的工匠。

"请诸位来此，是要给你们一个紧急任务。你们必须在十日之内，给我制造出50辆特大马车。具体规格要求都在这张图纸上了。"

工匠们领命去营造马车。一晃十日过去了。

"离皇上限定我们剿平叛贼的时间已没有几天了，大人到底有什么破敌策略?"零陵城几位副将一起跑到太守府,火急火燎地问杨璇。

"诸位将军莫急嘛。那50辆马车造好了没有?"太守杨璇慢条斯理地问。

"马车已经全部完工。"一位将军回答。

"好!准备明天发起进攻。"

第二天凌晨,零陵城全体官兵整装待发。突然,太守府传出命令,让把新做的马车都装满石灰粉,并把所有军马的马尾都系上布条。

天色微明的时候,战场上刮起了大风。杨璇命令拉着石灰粉的马车走在部队前面,让士兵顺风朝着敌阵拼命撒石灰。石灰粉在大风中飞扬,一时间,阵地上遮天蔽日,处在下风阵地的叛军被飘撒的石灰粉吹得一个个眼睛不开、气透不过,更不用说能看清对方阵地上的阵形了。

与此同时,杨璇命令士兵们点燃马尾上的布条。尾部燃烧的"火马"惊恐万状,拼命向敌阵中飞奔,一下子冲散了叛军的队形。汉军接着组织有弓箭装置的兵车快速攻入敌阵,向敌人万箭齐发。叛军还没来得及组织抵抗,便已溃不成军了。

这时,杨璇又命令士兵击鼓鸣钲,一边呐喊,大造声势。叛军实在吃不准汉军究竟有多少人马,在一片灰雾之中四散逃窜,被杀得尸横遍野。其首领也在逃亡中被乱箭射死。

此事发生在公元180年。

太史慈练箭迷敌

汉灵帝中平元年(184年)深秋的一个夜晚,寒风萧瑟,凉意透骨,都昌城笼罩在一片凌厉的杀气之中。守城的官军已被黄巾军管亥部围困了近两个月。旷日持久的两军对垒,城中所剩粮草仅能维持守城官兵不到三天的时间了。在城头巡逻的兵士也日益显露出疲惫的神情。

夜,已经很深了。守军主帅——北海相孔融,仍站立在窗口,眉头紧皱,凝视夜色，苦思着破敌之策。孔融心里明白，继续这样长期孤守终不是办法，何况军中粮草将尽，客观条件也不允许。如若强行突围，敌人兵力数倍于我，弄不好会招致全军覆没的下场。现在唯一可行的办法是，派人向素与我军友善的平原相刘备求援。

"谁能出城去向平原相求救呢？"孔融正想着，军中太史慈求见。"恩公，此次出城求援的任务，请交给我吧！"太史慈向曾在患难之际给予他帮助的孔融请战。他如此这般地一通耳语，说得孔融不时点头。

天刚放亮，被围困以来一直紧闭着的都昌城门突然打开了，吊桥放了下来，随即从城内冲出三骑射手来，每个人都带着箭和箭靶，为首的就是太史慈。这一举动立刻引起围城黄巾军的注意。他们一边飞马报告主帅管亥，一边调动人马即刻进入紧急战斗状态。可是，只见三骑射手出城跑不多远便跳下坐骑，来到城下一处堑壕里，领头的招呼着另外二人，各自插好箭靶，练起箭来。练完后又照直回城。自始至终只有他们三个人。

第二天，都昌城门一大早又大开了，太史慈又带着那两人骑马出城来练箭。黄巾军官兵见了，有些人稍微起身，立在远处指指点点地议论起他们的箭术来；有些人懒得动，躺在地上闭目养神。太史慈他们练完箭，一如昨天，回到城内去了。两军阵前，相安无事。

第三天清晨，太史慈他们又骑马出城了。黄巾军兵士见他们带着弓箭，又如前两日的样子，眼皮稍微抬一抬就不愿多看了，全都躺在那儿打瞌睡，再也没人愿意站起来注意这三名官军的动向。而这时，太史慈他们却快马扬鞭，直朝义军阵地冲了过来。

"哎呀，我们上当了！"等黄巾军官兵醒悟过来已经晚了，太史慈他们从城侧飞驰而过。

太史慈突出重围，来到平原相刘备处，立即搬来三千救兵。

孙坚笑退几万兵

汉献帝初平元年（190年）冬天，吴郡富春人孙坚（孙权的父亲）准备出兵攻打专权的董卓，替天行道。

兵马未动，粮草先行。孙坚让长史公仇称先源源不断地运送军粮。

时值隆冬，天寒地冻，外出押运粮草真是太辛苦了。为此，孙坚特意在鲁阳（今河南鲁山）城东门外拉起帐幕，摆下酒席，欢送公仇称。一时间，箫管齐奏，斗酒不停。众官员全聚在台上，众士兵则威严地排列在台下。

谁知，董卓的几万人马突然开到鲁阳城前，摆出一副马上要攻打孙坚的样子，军情十万火急。

大敌当前，众官员呆若木鸡，惶恐地看着孙坚；重兵压境，士兵们惊慌失措，迷茫地翘望孙坚。

孙坚似乎没看到大家的焦急之色，照常跟将领们对饮说笑。他还特意走到公仇称面前，举起酒杯微笑道："长史，如今冰冻三尺，此行多有辛苦。现在敬你三杯，就算我敬的暖肚酒，祝君一路平安！"他一边若无其事地谈笑自如，一边暗暗吩咐将领："整好队伍，不要乱动！"

董卓的人马越聚越多，孙坚这才搁下酒杯，停止饮酒作乐。他缓缓站直身子，挥手示意部队有秩序地列队返回城内。

董卓的官兵看到这一幕，心中没底，都怕了：大敌压城，这孙坚还说说笑笑，队伍也军心不乱，天下哪有这等事？准有埋伏。他们再也不敢攻打城池，迅速潮水般地沿原路退了回去。

事后，一起跟孙坚饮酒作乐的将领们问："孙将军，您真是胸藏百万雄兵！我们快吓破胆了！"

孙坚笑了："刚才，我没急着站起来跑回城里，全为了稳定士兵情绪。在关键时刻，士兵的眼睛全盯着将帅。我一怕，士兵肯定要大乱，会互相践踏、堵塞道路。这样的话，你们各位也无法入城，哪能再有机会喝酒呢？来，再摆酒宴。我们大家还得为长史敬杯酒呢！大家说对吗？"说完，他冲公仇称笑笑。

"对！对！再敬一杯送行酒！"众将官齐声高喊。

孙坚开怀大笑："刚才给董卓手下不知趣的兵将扫了我们的酒兴，现在补上！"

袁绍计取冀州城

袁绍率军屯驻河内，缺粮少草。冀州牧韩馥知道后，便派人运送粮草接济袁绍。袁绍的谋士逢纪说道："大丈夫驰骋天下，怎么要等人家施舍粮食呢？冀州是个有钱有粮的富饶之地，将军您为什么不去把它夺过来？"

袁绍叹口气道："没有办法啊。"

逢纪说："这好办。我们可以暗地里派人送信给公孙瓒，叫他与我们共同进攻冀州，瓜分利益。公孙瓒必定答应兴兵。韩馥是个无谋无能之辈，见公孙瓒向他进攻，一定会请将军您前去帮助守卫，那不是很容易就拿下冀州了？这就是春秋时期晋献公'假途伐虢'的计谋啊！"袁绍大喜，便写了一封密信派使者送与公孙瓒。

公孙瓒见了密信，认为大有好处，即日便筹划兴兵进攻冀州事宜。袁绍又派人密报韩馥，说公孙瓒要进攻冀州。韩馥得讯，慌忙召集荀谌、辛评两位谋士商议对策。荀谌说："公孙瓒率领燕、代两地的军队长驱而来，其势锐不可挡。再加上他又有刘备、关羽、张飞几员大将助他一臂之力，我们怎是他的对手？现在唯一的办法只有请袁绍来帮忙了。袁将军有智有勇，手下名将如云、部队精锐，他来了一定会好好对待您，我们就不怕公孙瓒了。"

韩馥听了，即派人去请袁绍。长史耿武劝告道："袁绍是个穷光蛋，他的粮草还是仰赖我们接济的呢，怎么可以把守卫冀州的大事交给他呢？这叫做前门拒虎，后门入狼啊！"

韩馥说:"我本是袁家的旧部,才能又不如袁绍,古人还知道礼贤让士,你们为什么这么妒忌别人呀?"

耿武长叹一声道:"冀州完啦!"于是,弃职离去的官吏有30余人。

袁绍终于进入冀州,兵不血刃地掌握了冀州的大权。他封韩馥为奋威将军,命自己的部属田丰、沮授、许攸、逢纪等人分别掌管冀州的军、政、财、文等。韩馥形同傀儡,悔恨不及,便抛弃家小,只身骑马投奔陈留太守张邈去了。

且说公孙瓒听说袁绍已占领了冀州,便派弟弟公孙越前去要求瓜分。不料袁绍派人假冒董卓家将于路上设伏射杀了公孙越。公孙瓒大怒,率部向冀州进攻,大骂袁绍背信弃义。袁绍干脆撕破脸皮与他兵戎相见,自己则心安理得地独吞了冀州。

刘备撤围诱敌军

东汉末年爆发黄巾大起义,朝廷命将领朱俊率部前去镇压。当时黄巾军赵弘、韩忠扼守宛城。朱俊命军队攻城,韩忠出城迎战。朱俊派刘备、关羽、张飞攻击该城的西南部,韩忠又率领精锐部队赶往西南部阻击。这时,朱俊避实就虚,趁机带领200精锐骑兵向该城的东北部发起袭击。黄巾军探子飞报韩忠,韩忠生怕丢失城池,又急忙率部返回。刘备等便从背后追杀过去。在前后受敌的情况下,韩忠只得败入宛城。朱俊当即以重兵团团包围了宛城。日子一久,城中渐渐箭尽粮竭,韩忠无奈,只得派人出城请降。朱俊严辞拒绝。

刘备劝告道:"过去高祖皇帝夺取天下,都是因为能够接收投降者,招抚顺从者,从而四海归心,一统神州。您为什么拒绝韩忠的投诚呢?"

朱俊笑道:"你有所不知,这叫此一时彼一时啊!秦朝末年天下大乱,没有一个稳定的政治家来治理人民,所以要用招抚手段来凝聚民心。今天国家统一,只有黄巾造反,如果容许他们投降,就不能劝善惩恶。他们认为有机可乘便随心所欲地抢掠,失利时便投降,以保全生命和富贵。所以,这是助长他们的气焰,不是好办法啊。"说完，便挥手让刘备退下，传令三军拼力攻城。谁知想尽办法连攻数日，急切间竟不能得手。

这天，刘备又对朱俊献计道："您不允许他们投降，我也赞成。只是今日我军将宛城包围得像铁桶一般，敌人请求投降又遭拒绝，必然死战到底。万众一心，尚且不可抵挡，何况城里还有数万亡命之徒呢？我看不如将包围城池东南方的军队撤去，我们全力攻打西北方。这样，敌人以为有生路，必定弃城逃跑，我军趁势追杀，敌酋即可手到擒来。"

朱俊沉思半响，采纳了刘备的计谋。果然，韩忠率部向宛城东南方撤退，朱俊当即与刘备、关羽、张飞等指挥全军追击，射死了韩忠，其余部众死的死、伤的伤，四面溃散。

经营卷

吴蕴初自研味精

味精是我国家庭必备的调味品，因为它的鲜美程度确实能够使"白水变鸡汤"。其中，上海的"佛手牌"味精问世至今已有百年了。关于它的生产和发展，还留下一连串动人的故事哩！

1921年春天，上海聚丰园饭店来了一个顾客，他是个清苦的读书人，吃着一份便宜的客饭。菜肴虽然简陋，但他吃得津津有味。只见他在菜里加上一些自备的粉末，还客气地将这种粉末加在邻座的一位顾客碗里，说："你吃了后立即会觉得鲜美绝伦。"

谁知邻座却是个不识货的，不但不吃，反而同这个读书人争吵起来。这就惊动了在店里用膳的另一个有心人。他吃了一口加了粉末的菜肴，觉得果然很是鲜美，就说："你这份菜就算我的。"而将自己所订的一份价格昂贵的饭菜让给了读书人。

这个读书人就是我国现代化学的奠基者之一——吴蕴初。原来，他参照日本的"味之素"研究出了一种新的化学品，就是我们现在日常使用的味精。他到饭店来的这个举动，就是为了寻找这种产品的生产单位。那个品尝者名叫王东园，是张崇新酱园的主要业务员。

在王东园的介绍下，由吴蕴初出技术、张崇新出资金，共同生产味精。吴蕴初在经营上吸收了日本"味之素"的优点。别小看这个"素"字，它具有极大的吸引力，一般人喜素怕荤，而素食者多数信佛，天堂是佛的世界，为此，生产味精的厂家取名"天厨"，意思是"天堂的厨房"；生产的味精取名"佛手"，比喻佛法无边，能够点石成金，"变白水为鸡汤"。再加上广泛宣传"纯粹国货""价廉物美"，于是其销量一举压过了日本的"味之素"。日商当然不甘败落，就在原料上卡天厨味精厂的脖子。味精的原料主要是面筋和盐酸，面筋可以就地取材，酱园本身就有，但当时盐酸是从日本进口的，价格昂贵。吴蕴初已能从食盐中电解出盐酸，但缺少设备。他们探听到外国有一家盐酸厂濒于破产，就购进了该厂的设备，成立了一家新的化工厂，取名"天源"，意思是天厨的原料。盐酸是易蚀品，其盛装的容器是从法国进口的，代价太大。他们就在宜兴的优质陶土里加上吴蕴初研制成功的防酸材料，制成了防腐蚀的陶罐。这个做陶罐的工厂取名"天盛"，意思是天厨的盛器。

吴蕴初与张崇新的合作，是读书人和生意人合作成功的典型。他们合作的经验，至今仍值得我们借鉴。

祥生妙用电话号

旧上海几乎人人都知道祥生汽车出租公司，因为每辆汽车都标有公司的电话号码"40000"。在一个"4"字后面紧排着4个"0"，给人留下的印象太深刻了，所以家喻户晓。

这家公司的业主周祥生原是从浙江乡下来"学生意"的，他由赊购而来的一辆汽车起家，一跃而为独霸上海汽车出租业的巨头，其中蕴藏的契机及经营之道是多种多样的，但妙用电话号码是该公司成功的重要途径。

周祥生深知，电话号码有无特色，对公司在竞争中的地位和业务发展有着举足轻重的作用。他通过各种关系和手段，终于取得了"40000"这个不同凡响的电话号码的使用权。接着他在报纸、电台和街头耀眼的霓虹灯上做广告，一下子使这个号码深入人心。

不仅如此，他还对使用汽车的乘客免费赠送刻有"40000"字样的饭碗。礼品虽小，用途却大，人们拿了这种碗都很愿意使用。这除了碗本身的实用性外，还因其特有的标志，反映出使用者能常坐出租汽车的身价。于是，这种碗广为流传，又使得祥生汽车出租公司的业务大为发展。

此外，当时的旧式电话多数是挂在墙上的，打起来的时候筒无处搁放，如果要去叫人，更觉不便。祥生汽车公司就制作了大批的金属架，免费送到用户单位和住宅，将它安装在电话机旁。这种金属架上当然也刻有醒目的"40000"字样。

"40000"这个电话号码对祥生汽车出租公司之所以能够产生如此好的效应，除了显眼、易记的一般因素外，还因为出租汽车公司的业务同电话密切有关，人们总是通过打电话来招呼出租汽车，在这种情况下，电话号码就显得至关重要了。像"40000"这样的电话号码，不用翻电话号码簿或记事册，拿起话筒就可拨号。此外，祥生汽车公司信誉卓著，接到电话后，从不说"没有车"，也从不误时，一般在顾客打过电话后十分钟内，车子即可到达指定地点。

更重要的一点是，"40000"这个数字和那时中国的4万万人口正好相配，于是公司打出了"4万万同胞乘坐40000车"的响亮口号。恰逢那时国内抵制日货、洋货的风气很盛，这个口号使乘坐者增加了爱国的自豪感，不乘坐者也会对祥生汽车公司产生某种敬意。这一点是别的电话号码无法比拟的。

宣传梅兰芳之计

京剧大师梅兰芳初次到上海演戏，不知上海人能否接受京派唱腔。但戏院老板却胸有成竹地订了合同。他把上海一家最有名的报纸的第一版买了下来，大做广告。

第一天，整版报纸只印了三个大字——梅兰芳。读者弄不明白是什么意思，马上引起了兴趣和猜测。

第二天，报上还是这三个字。好奇者纷纷打电话询问报馆，这是花名、地名、还是人名？报馆回答：明日见分晓。于是神秘感越来越浓，关心的人越来越多。

直到最后，整版广告在"梅兰芳"三个大字下面，刊出了一行小字：梅兰芳，京派名旦，×日在××戏院演出京剧《宇宙锋》《贵妃醉酒》《霸王别姬》。

戏院老板之所以如此做广告，是因为他摸透了上海人的心理。梅兰芳初到上海，人们对他一无所知，上海人又听惯了海派京剧，京派京剧很难一下子打开局面。此外，上海人傲气足，但好奇心强。根据这些心理分析，戏院老板设计了这样一个不吹不描的广告（越吹，上海人越不买账），只是让"梅兰芳"三个字留下几天悬念，吸引人们注意。结果争奇好胜的人蜂拥而至，必欲看个究竟。

结果，梅兰芳的头台戏就赢得了满堂彩。

冠生园巧销月饼

1932年，胡蝶被评选为"电影皇后"，上海冠生园总经理冼冠生立即见缝插针，设宴为胡蝶祝贺。宴毕摄影留念，冼冠生抬来一块特大月饼，请胡蝶手扶月饼拍下一张照片。接着，这张照片变成了一张张精印彩色宣传画，遍贴大街小巷，上有两行醒目大字："唯中国有此明星，唯冠生园有此月饼。"此事顿时引起轰动。这一年，冠生园的月饼生意特别兴隆。

巧借政事做广告

被誉为"万金油大王"的胡文虎先生，非常注重广告宣传。他从1929年创办《星洲日报》起，前后共办了13家中、英文报纸，形成了一个星系报业。

他聘请了许多有名的作家和记者在他的星系报业担任编辑和主笔，其中有郁达夫、胡愈之、金仲华等。从经济角度来看，胡文虎先生办报是为了给自己的产品做宣传。

较为突出的例子是，1932年淞沪会战期间，为感谢胡文虎先生的捐赠，第十九路军军长蔡廷锴将军题词:"本军在沪抗日,胡君援助最力,急难同仇,令人感奋。"对此题词,胡文虎告诉星系报纸大书特书,并附上"全国同胞敬仰之民族英雄蔡廷锴将军对虎标药之赞美"的大字标题,为"万金油"大做宣传。

范旭东的碱之战

第一次世界大战时,列强忙于战争,这给中国民族工业提供了发展机会,由化学家范旭东先生创办的中国第一家制碱企业——永利制碱公司于1918年宣告成立。

不久,第一次世界大战结束,一直控制着中国碱市场的英国卜内门公司卷土重来,欲把永利公司这个中国制碱业的"新生婴儿"扼杀在摇篮之中。卜内门公司迅速从国内调来大批纯碱,以原价40%的低价倾销中国市场。

永利和卜内门相比,力量悬殊实在太大了。永利如果与卜内门进行"降价战",不久就会财源枯竭;如不降价,就无法与卜内门竞争。对此,永利真是进退两难。

范旭东不仅是位优秀的科学家,也是善于经营的企业家,更是博学多才的学问家。他忽然想起战国时"围魏救赵"的故事。他觉得这条计策也可应用到他与卜内门的纯碱之战中。

他审时度势,觉得日本是他使用这条计策的理想之地。当时日本的三菱和三井两大财团竞争非常激烈。三菱有自己的碱厂,三井却没有,使用的碱要依赖进口,这不正是很好的突破口吗?

范旭东迅速东渡与三井协商,委托三井以低于卜内门的价格代销永利生产的红三角牌纯碱。此举正中三井的下怀。于是,三井在日本的销售网点,很快开始推销红三角牌纯碱,销量虽只有卜内门在日本销量的10%,但价格却低于卜内门的纯碱,大有蔓延之势。

卜内门虽是个世界性的大公司,但它的手伸得很长,销售面宽,运到东亚地区销售的纯碱毕竟有限，而其中大部分已运进中国，无力再顾及日本。在这种情势下，卜内门权衡利弊，觉得保持中国市场固然重要，然而失去日本市场将得不偿失。于是，卜内门急将计划运调到中国的纯碱转而投放到日本市场，以缓解在那里节节失利的局面。

然后，卜内门主动向永利发出倡议：愿意停止在中国市场上削价倾销，希望永利公司在日本也采取相应的行动。范旭东掌握了主动权，便进一步提出，卜内门今后在中国市场上的碱价如有变动，必须事先征得永利的同意。这种要求虽然对不可一世的卜内门来说是难以忍受的，但卜内门还是被迫接受了。就这样，永利公司不仅没有像卜内门公司事先所声称的那样向他们"俯首称臣"，反而处于居高临下的地位，牢牢控制了国内纯碱市场的价格，使永利公司从"新生婴儿"成长为"强壮的成人"。

酒厂的巧妙广告

20世纪30年代初的某天，上海新世界游乐场和山东烟台啤酒厂联名在报上做广告，说某天到某天，在新世界游乐场举行喝啤酒比赛，优胜者有奖。

上海人喜欢凑热闹，看见这个广告，不少"酒民"都跃跃欲试，意欲"一饱口福"。当然，更多的是"一饱眼福"。

到了比赛那几天，新世界游乐场人山人海，仅参加比赛的就有数千人，整整喝掉了24 000瓶啤酒。记者把这件事作为新闻发表在报上，着实轰动了一阵子。

时隔一个月，山东烟台啤酒厂又出新招，在报上发布消息说：某月某日，该厂将在在上海半淞园隐藏一瓶带有特殊标记的烟台啤酒，谁能找到，奖赏烟台啤酒20箱。

这条消息其实又是一则巧妙的广告。

有趣的寻找啤酒的活动，让上海人玩得很开心。

这样，原本鲜为人知的烟台啤酒，仅仅通过前后两次的趣味性活动，就给上海的"酒民"们留下了很深的印象。

奇设医药股之计

1943年，宋裴卿创建东亚化学厂时，他想出了一条在股金中保留一部分医药股的妙计。办法是把原资本1000万元再增加一倍，但只许原有股东增投60%，其余40%让出来留给大夫、护士以及中医药界的投资者。

这样一来，不但各地的大夫、护士和医药界的大批资金都涌进了东亚公司，而且各城市有许多大夫、护士、药剂师和药房经理都成了东亚公司的义务"售货员"。

世界书局的薄利

在旧上海的书市中，商务印书馆、中华书局、世界书局三家鼎足而立，彼此之间的竞争颇为激烈。三家书店曾有过竞相影印《康熙字典》之争。

首先是商务印书馆在报上刊出征求影印《康熙字典》订户的广告，每本定价大洋2.50元。

世界书局根据掌握的信息，对此算了笔账：商务印书馆影印该书1万本，每本成本1.50元，可获利1万元。世界书局认为，销路还有潜力，就迅速推出了世界书局版的影印《康熙字典》，印数是商务印书馆的5倍，每本成本降为1元。他们把售价定为2元，以低价与商务印书馆竞争，低价多销，获利反多。

熊猫玩具换包装

我国一家玩具厂选择了受人喜爱的中国国宝——熊猫，作为主要的出口玩具。起初，生产的熊猫玩具采用塑料包装，一袋装一只，用绳子系着。产品出口后，虽然每只只卖六七十美分，还是没人买。

他们通过调查了解，才知道外国的销售特点是"一流的产品，二等的包装，只能卖三等的价钱"。于是，他们及时改进了包装，给每只"熊猫"修造一座小巧玲珑、豪华漂亮的竹房子，上面刻上美丽的花纹图案，外面再蒙上一层薄膜，使人一眼就可以看到其"尊容"。

于是，同样一只熊猫玩具，身价一下子竟提高好几倍，而且成为世界市场的畅销货。

钟华生空手筹款

钟华生来到珠海西区的时候，肩头顶着脑袋，两手拎着铺盖，其他再没有别的。但三年后，他靠着"空手道"本领，让5亿多元的资金源源滚进了西区。

搞经济开发需要资金，钟华生不靠不等，自己找出路。他决定利用特区的优惠政策去影响人民群众，吸引7000多万元的储蓄资金。很快，一个围海造地、向社会民间招股的集资方案出台了。该方案规定每股10 000元，入股者可享有100平方米建房用地和从外地迁入户口参加西区建设的权益。

消息一经发布，西区立即门庭若市，短短时间内便吸纳了万余股。西区把这笔资金的一部分"扔"进海里，换来了4平方公里的土地。其中1平方公里给入股者建房，其余的用来招标兴建城市配套设施。按现时地价计算，围海造地投入的几千万元，已产出十几亿的价值。

于是，钟华生被人们称为"中国最好的空手道大师"。

巧借总统扬名计

1989年年初，天津手表厂厂长王亚舟从《人民日报》上得知一则消息：

美国新任总统乔治·布什应邀在中国驻美大使馆邸做客时，指着腕上的手表说，这是中国制造的海欧表，是一位中国友人送给我的，已经戴了三年，走时准确。他曾戴着这块手表去迈阿密海滩钓鱼,海水把他浑身都打湿了,但这块表的走时丝毫没有受到影响。

闻讯后,王亚舟立即通过美国驻华大使馆转赠布什夫妇一对新型"海鸥"双历石英电子表,并向这对忠实的用户致意。各大报纸纷纷报道或转载这则消息,"海鸥"由此名扬四海。

古玩店开业贵卖

1987年,深圳仿真古玩店策划了一次奇特的宣传,仅这一次宣传,足以使该店名声大噪。

深圳仿真古玩店开张那天,商店里赫然挂出一条横幅:"开业大吉,贵卖三天。"这一"贵卖"可把顾客搞糊涂了。一般商店开业,往往是降低价格以招引顾客,而这家古玩店却为何要"贵卖"呢?人们带着各种各样的疑问和好奇纷至沓来。

原来,该店销售的仿真古玩都是独一无二的赝品。他们向国家有关部门买下了仿真权。为了增加仿真古玩的价格,他们每件古玩只做一件仿真品。由于真品不卖,这独一无二的仿真古玩的价值便相当可观了。

一个"贵卖"引来了八方宾客,客人们还从中了解了该店的经营特点、价格及办店宗旨。记者们也前来助兴,一篇以《奇特商店的奇特开张》为题的新闻报道很快上了报纸,一时间,仿真古玩店门庭若市、热闹非凡。

大酒家海鲜特价

1987年,徐峰从香港来到广州,投资200多万港币在花园酒店附近开了一家海鲜饭店——南海渔村,但生意平平,头三个月就亏了50多万元。一天,他在西濠二马路看到两家时装店,一家生意兴旺,另一家却相当平淡。他走进那家旺店探个究竟,原来里面除了高档货外,还有几款特价服装。他受到了启发,于是就推出了"海鲜美食周":每天有一款海鲜是特价的,售价远远低于同行的价格。当时基围虾的市场价格为250克38元,他们降到18元。不出所料,这一招一举成功,很多食客就冲着那一款特价海鲜走进了南海渔村的大门。

推出特价海鲜,徐峰原来是准备亏本的,但由于吃的人多,每月竟销出4吨基围虾。结果他们不但没亏,反而赚了钱。

开发亚运旗之计

北京有一个街道小厂,原来只是专门为火柴厂糊火柴盒的,职工只有十几个,且大多为老弱病残者。北京亚运会前,他们突然从困难户一下子变成了全市有名的"暴发户"。

原来,他们想出了一个好点子,就是设计一种印有亚运会会徽和字样的纸糊小旗,可放在办公桌上。

这种"台式"小旗,由于成本低、设计新颖,更重要的是,它符合亚运会组委会力图地宣传亚运的意愿,因而得到了有关方面的赞赏,并决定从他们这里定做大批"台式"亚运小旗,拟分发到全市各单位。仅此一举就使这家小厂大赚了一笔,也由此从"困难户"一下子变成了全市有名的"暴发户。"

竺成汉善于掉头

竺成汉是浙江嵊州市的一个普通农民,他脑筋灵活,勤学苦练,学得了一手箍桶的好手艺,收入当然要高出一般农户。但是,当现代化的用具不断地拥入市场后,用木桶木盆的人们渐渐改用方便美观的金属桶或塑料桶,竺成汉的箍桶业务越来越难做了。

一天,他在城里兜了大半天,一笔生意也没做成,鞋底却几乎磨穿。他就到一家饭店去吃饭。可是那饭店顾客盈门，简直没有他的立足之地，好在隔壁还有一家饮食店，可是那饮食店里也是座无虚席。他接连跑了几家，情况都差不多。于是他想，以前饮食店很少，可是箍桶匠很多，现在情况正相反，由此，他悟出了行当的兴衰必须顺应群众的需求。他联想到家乡雄鹅村现在也富起来了，可是还没有一家饮食店，自己何不改行来经营饮食店呢？

他回到家中，和老婆一合计，老婆欣然同意。他俩就添置家什，改建房屋，开起了村里的第一家饮食店。

小饭店一开张，立即吸引了南来北往的行人和乡办企业的工人，他们图个方便，乐意到小饭店里歇歇脚，喝口水，吃点饭，饭店的生意很兴旺，一年就赚了3000多元，比他当箍桶匠时收入丰裕多了。

隔了一年，情况又有了变化，别的村民学他的样子也在邻近办起了饮食店，装潢比他考究，菜肴比他多样，有的甚至不惜重金，从外地请来名厨掌勺。竺成汉审时度势，觉得自己的实力无法与人匹敌，于是当机立断，见好就收，又将自己"驾驶"的"小船"迅速掉头了。

改行做什么呢？竺成汉看到小村富起来，盖新房的人家越来越多，他觉得跑运输、运送建筑材料是个好行当。说干就干，他将饮食店歇业，利用积存的资金，购买了一台拖拉机专门给造房户运石块、装泥沙、拉砖瓦……他这样的行当正符合人们的需要，登门者络绎不断，收入相当可观，他成了全村著名的运输专业户。

"船小掉头快"，由于竺成汉善于掉头，他驾驶的生活小船越跑越快了。

说辩卷

召公劝谏周武王

周武王建立周朝以后，四面八方的小国都来朝拜他，并且带来许多特产和珍贵礼品。当时有个西戎国也派使臣专程前来祝贺，并且送给周武王一条大狗。这条西戎犬模样怪异，身高四尺，尾大毛丰，很是珍奇，周武王高兴地收下了。

周武王的弟弟召公，唯恐周武王玩物丧志，忘记了创业的艰辛。一天，他面见周武王，对他说："现在四方都归附于你，无论远近国家都把自己的好东西贡献给你，这固然是你的圣德，但是，玩赏之物是不分贵贱的，关键是人的德行。没有德，物也不值钱；有德，物才显得珍贵。一个贤明的君主不应该沉湎于声色之中。俗话说'玩人丧德，玩物丧志'。犬马之类的畜生不是本地所产，养它无益；珍禽异兽对人的衣食住行没什么用途，也不必饲养它；别国的珍宝没有什么实用价值，也不要稀罕它。四方供奉的东西，最好是分封赏赐给同姓的国家，用来表示信诚之意……"

周武王认真地听着，召公继续说："一个圣明的君主应当为群臣作出表率，要随时随地注意自己的一言一行，看它是否合乎规范，千万不要忽视一些细小的行为。因为良好的道德是一点一点积累起来的。当堆得差不多的时候，只要再加一筐土，就大功告成了；可是这最后一筐土若没有堆上去，这座百尺高的土山也就不能完成，这岂不是太令人惋惜了吗？你是一位圣明的君主，是不能不想到这些事的呀！千万不能功亏一篑，否则就要追悔莫及……"

周武王听了召公的一番劝谏后，就不再喜欢进贡的物品了，从此更加专心地治理国家。满朝文武百官也都尽心尽职地效忠国家。

邓析与死尸买卖

故事发生在春秋时代。这年夏天，郑国一带连日暴雨，河水漫出堤岸，淹没了大片村庄、田野，也把许多财物卷到下游地带。下游两岸的人们都到河边去打捞漂流在水中的物件。

话说有个富翁，家财万贯，却异常吝啬，喜欢捞小便宜。某天一大早，他就抢占了一块临河突出的石头，想发"大水财"。见河水中漂来一块门板，他喜不自胜，忙弯腰去捞，一不小心竟掉进河中，还没来得及和家人打声招呼，便淹死了。

富翁的尸体被河边一个无赖给捞上来了。他认得这是富翁，觉得发财有门，便把尸体拖回家，想借机向富翁家属敲诈一笔钱。

第二天，富翁家的人找上门来领尸，无赖跷着二郎腿说："要想领回尸体容易，不过需拿1000两银子来。"富翁家属想讨价还价，无赖恼怒地喊道："不给1000两，休想把尸体拖回去！"富翁家属受过富翁的影响，不忍心花这么多钱，只得扫兴而归。无赖怕富翁家属夜里来偷尸体，索性将尸体绑起来，把绳子一头系在自己脚上。

再说，富翁家属怕时间拖长后尸体腐烂，就去找一个叫邓析的人，请他出主意。邓析是个聪明人，觉得双方都不是好惹的，就安慰来人说："你不用着急，那个得到尸体的人是必然要卖掉它的。"富翁家属一听言之有理，便放心而归。

无赖听到这个消息，怕事有变卦，心里十分着急，也来求助于邓析。邓析也安慰他说："你不用着急，这个富翁的家属是一定要来买这具尸体的。"无赖听他说得不错，也放心而归。

结果，富翁家属等无赖低价卖尸体，无赖等富翁家属原价买尸体。拖了几天，富翁的尸体腐烂了，无赖一分钱也没捞到。于是，双方都去告邓析巧言骗人。邓析说出自己给两方出主意的原话，办案的官员听完，觉得邓析说得合情合理，无可挑剔，于是大声喝道："原告无理取闹，搅乱公堂，把他们拖下去各打30大板！"

如果邓析不是巧言善辩，恐怕最后要吃亏呢。

鸱夷子皮反为主

春秋时，有个叫鸱夷子皮（一说鸱夷子皮即为范蠡，他助越灭吴后即弃官下海，到达齐国，改名"鸱夷子皮"）的人，跟着齐国大臣田常到燕国去。一路上，田常走在前面，鸱夷子皮背着符信——出入关防的凭证，跟随在后。

到了望邑，鸱夷子皮说："您难道没有听说过干水沟里蛇的故事吗？干水沟里的蛇准备迁移到新地方，有条小蛇对大蛇说：'您在前边走，我在后边跟随，人们认为我们是游动的蛇，必定会杀了您。不如您背着我，人们必定以为我是神君。'现在您的外表好看而我丑陋。您要是作为我的主人，人们会以为您最多不过是一个有千辆兵车的小国君主；您要是作为我的使者，人们一定会认为您是一个有万辆兵车的大国上卿。您不如当我的舍人。"

田常觉得有理，便背着符信跟在鸱夷子皮后面。到了客舍，客舍主人果然很恭敬地招待他们，献给他们酒肉。

颍考叔妙解黄泉

春秋时代，郑国国君郑武公死后，由他的长子寤生继位，就是郑庄公。郑庄公的亲生母亲武姜和亲生弟弟共叔段密谋叛乱，企图让共叔段执政。

郑庄公平定了这场叛乱，将武姜囚禁起来，说："今后不到黄泉之下，我们母子二人永远不要相见了。"

平定了叛乱，朝野自然欢喜，可是对于郑庄公囚禁生母一事，人们却议论纷纷，说郑庄公无情无义，心狠手毒。听了这些议论，郑庄公心烦意乱，拿不定主意。一个叫颖考叔的小官借给郑庄公进贡之际，劝其以人伦天理为重，接回母亲。

郑庄公摇头叹气，苦笑着说："真是一言难尽啊！当初我送母亲去颖地时说过：'不到黄泉之下，我们母子就不要见面啦。'"

颖考叔思忖片刻，给郑庄公出了一个主意："虽说国君起过誓，可是人不一定死了才能见到黄泉呀。黄泉就是地下。您可以派人在颖地挖一条隧道，挖深一点，直挖到能看见地下的泉水，这不就是人们所说的黄泉吗？"

听了这一番解释，郑庄公脸上露出了笑容，说："你的意思是叫我同母亲在隧道里相见，既能见到母亲，又不违背从前的诺言吗？真是个好主意，两全其美啊！"

后来，郑庄公依计而行，果然母子相认。为此，他重赏了巧谏有功的颖考叔。

长生不死的秘法

燕王听人说远方有一个人通晓长生不死的秘法，喜出望外，立即派了一个臣子远道赶去向那人学习，想等他学成回来教给自己，岂不就能长生不死了吗？

这臣子日夜兼程，赶了好几天才到，哪知道，那个"通晓长生不死秘法"的人，却在前一天死了。这位臣子徒劳无功，只得空着手回来见燕王。燕王听了非常生气，要将他处死。

这时，殿上一个大臣对燕王道："人最忧患的无过于死，最看重的无过于生，远方那个人自称有长生不死的秘法，而他自己却死了。既然他不能使自己不死，又怎能使大王长生呢？这个奉命前往学'长生不死秘法'的臣子，无论行程快慢，拿到'秘法'与否，结果都一样。大王要治他的罪，难道到现在您还认为那'长生不死秘法'是真的吗？"

燕王只得赦免了这个臣子的死罪。

孔子绵里藏针计

春秋时,陈侯建造凌阳台,工程尚未竣工,就有好几个人因犯法被处死了。陈侯又拘禁了三名监督工程的官吏,准备杀掉他们,大臣们谁也不敢出来劝阻。

孔子这时正好来到陈国,陈侯就召见了孔子,和他一起登上凌阳台观光。

孔子上前祝贺他说:"这座台真是太美了!大王真是太贤明了!自古以来,就是圣人修建高台,哪里有不杀一人而能完成这样的工程的!"

陈侯沉默了很久,就派人把拘禁的官吏们释放了。

老子孔子论刚柔

据说有一次孔子去请教老子,老子张嘴问:"你看我的牙齿怎样?"

孔子说:"老师的牙齿都脱落了。"

老子又问:"你看我的舌头怎样?"

孔子说:"老师的舌头还是好好的。"

孔子问完就退了出来,其随员感到莫名其妙。

孔子说:"老师已经明白地告诉我了,柔弱的东西比如舌头是长存的,刚强的东西比如牙齿是不能长存的。老师的意思是柔弱胜刚强。"

子贡妙喻孔夫子

一天,鲁国大夫叔孙武叔在朝廷中对其他官员说:"大家都说孔子了不起,我看子贡比他的老师强。"

子服景伯听说此话后,就转达给子贡听。

子贡不以为然地笑笑说:"这就不对啦,我怎么及得上老师呢?拿房屋的围墙来作比喻吧，我家的围墙只有齐肩高，谁都可以看见里面房屋的美好。而我的老师的围墙却有几丈高，人们又找不着大门进去，那就看不见他那宗庙的壮美、他那房舍的多种多样啦。能够找着大门进去的人或许不多吧？因此，叔孙武叔老先生那么说，不也是很自然的吗？"

子服景伯觉得子贡的比喻既新鲜又贴切。

后来，子贡又听见叔孙武叔在毁谤自己的尊师，很是气愤，就找到叔孙武叔说："先生您不要这样做！仲尼老师是毁谤不了的。别人的贤能好比小山丘，还可以超过；仲尼老师却好比太阳和月亮一样，是没办法超过的。有人纵然想自绝于太阳、月亮，可那对于太阳、月亮又有什么损害呢？只是看出他太不自量力罢了！"

又有一次，有人对子贡说："您对仲尼那么恭敬，难道他真比您强吗？"

子贡说："君子聪明不聪明都可表现在语言上，由此可见，说话是不能不谨慎的。我的老师的确不可赶上，如同上天不能用梯子一级一级地爬上去一样。我的老师如果当上君主或成为卿大夫，他要百姓在社会上站住脚跟，百姓便都自然地站住脚跟；若引导百姓前进，百姓自然都跟着前进；若安抚百姓，百姓自然都会前来投奔；若动员百姓，百姓自然会同心协力。他老人家生得光荣，死得可惜，别人怎么能赶得上呢？"

宰人认罪得免祸

春秋时期，晋文公命宰人制炙肉。进餐时，他发现有一根长长的头发缠绕在炙肉上。于是，晋文公怒召宰人，要杀他。

宰人看了看鼎里的炙肉，说："臣之罪，罪该当死。当死者有三：厨下切肉的刀快得像锋利的宝剑，能割下肉却割不断一丝头发，罪之一也；炙肉前用锥子在肉块四面反复穿刺，上调料，却没有发现这么长的头发，罪之二也；炉火熊熊，旺得发红，炙肉熟了，头发竟没有烧焦，罪之三也。臣有此三罪，虽死难辩。"

晋文公一听,明白过来了,下令把侍候进膳的侍从找来审问。原来是有人企图陷害宰人,在炙好的肉上缠了长长的头发。

就这样,宰人通过机智而巧妙的认罪方式,为自己辩解开脱,终于免除了杀身之祸。

马夫巧言劝农夫

一天,孔子带着子贡和几位弟子骑马郊游。孔子下了马,一行人坐在草地上欣赏着优美的景色。谁知他们的马跑到田里践踏起庄稼来了。农夫在地里大声责骂起来。

孔子赶紧叫子贡赔个不是,把马牵回来。

子贡走到农夫跟前,又作揖,又致歉,措词有礼,态度诚恳,满以为这样一来农夫就会转怒为笑,把马还给他。可是,农夫依然满脸怒气地说:"我不知道你在说些什么,你这匹马践踏了我的庄稼,你得赔我!"

子贡只好哭丧着脸回来向孔子复命。孔子忽有所悟,把马夫叫来,说:"马踩了人家的庄稼,你跟人家说说,把它带回来。"

马夫没等走到农夫身边,就大声赞叹说:"多好的庄稼地啊!这真是一片少见的田地。这位大伯,您家的土地太广阔了,像这么好的地我还从未见过呢!嗨,我那匹可怜的马,一路跑来,大概快饿扁了,这不,我一不留神,它竟跑到您老人家的地里来了。真是不懂事的畜牲,这么好的庄稼,怎么忍心糟蹋?我回去非得狠狠揍它一通不可!"

马夫的这一席话,说得农夫脸上露出了微笑,态度大变:"其实这地也不算大,庄稼长得还行。这是您的马啊,快拉走吧,以后得看紧点。"

马夫乐呵呵地把马给牵回来了。

孔子感慨地对弟子们说:"对什么人就说什么话,这是很重要的处世经验啊!"

宋玉反嘲登徒子

宋玉天资聪明，相貌俊美。大夫登徒子曾在楚襄王面前说他"好色"。

楚襄王召宋玉前来问话。

宋玉说："好色的不是我，恰恰是登徒子自己！"

楚襄王问："根据何在？"

宋玉说："天下的佳人没有比得过楚国的；楚国的娇娘要算我的家乡最好；我家乡的美女之中最拔尖的，就是东邻的一位姑娘。她身材适中，增之一分则太长，减之一分则太矮。天生丽质，不用涂脂擦粉。眉毛如翠羽一样，皮肤如白雪一样，腰身如束素一样，牙齿如含贝一样。微笑时，让阳城、下蔡的花花公子见了都要心迷神醉！可是，她常常攀着墙头来偷看我，已经整整三年了，我至今还没有接受她的爱情呢。至于登徒子大夫，就和我截然不同了。他的妻子，头发乱、耳朵斜、嘴巴裂、牙齿缺、双腿瘸，而且满身癞疥，还患着严重的痔疮。但登徒子大夫却很喜欢她，同她生了五个孩子。您看，究竟谁好色，不是再明白不过了吗？"

楚襄王觉得宋玉所言似乎也有道理，也就算了。

屈谷嘲隐士田仲

齐国有个颇有名气的隐士，叫田仲。

一天，宋国人屈谷去见他，有意嘲弄他说："我久闻先生气节高尚，远离尘世，不仰仗别人生活。我这个人，没有什么本事，却会种葫芦。现在，我有一只很大的葫芦，坚硬如石，皮厚无隙，想送给您，聊表敬意。"

田仲说："葫芦之所以宝贵，是因为可以盛放东西。而现在您这个葫芦，皮厚无隙，不能剖开盛饭；又坚硬如石，不能剖开装酒。送给我有什么用处啊！"

屈谷说:"有道理,我马上把这个无用的东西扔掉!可现在先生隐居深山,是不依赖别人为生,但对于国家也毫无用处,和那个坚硬的大葫芦是一样的啊!"

吴使善辩免死罪

春秋末期,诸侯之间相互吞并,战火连绵。楚国拥有精兵强将,沃野千里,楚王借此称霸,决心攻打吴国。当时吴国势单力薄,哪是楚国的对手。于是吴王急忙派使臣前去慰劳楚军,想阻止战争的爆发。

楚将收下吴国送来的金银玉帛和佳酿美粟后,傲慢地瞟了吴国使臣一眼,喝道:"捆起来杀掉,用这个使臣的血涂抹战鼓。"

使臣争辩道:"将军,我们诚心慰劳,可不能斩杀来使呀。"

楚将捋了捋油黑的络腮胡须,哈哈大笑:"慰劳?这叫朝贡!你们区区小国,只要楚兵每人吐一口唾液,便可淹死你们的臣民。难道还要礼遇你这种弱国贱民吗?"

使臣眼看就要被五花大绑,他不甘心坐而待毙,决心自我拯救,以不辱使命。他忽然放声大笑起来:"这次到楚国,果然吉利!这是吴王的恩德呀。"

楚将被使臣的朗声大笑弄糊涂了,问道:"你来时占卜了?"

使臣微笑着点点头,说:"很吉利呀!"

楚将冷冷地讥笑道:"可现在我就要把你杀了,吉在哪里呀?"

吴国使臣挺身上前几步,坦然地答道:"你若把我杀了,这正是吉利之所在。因为吴国派我来,本来就是要试探将军的态度。如果将军发火了,那么吴国就将深挖护城河,高筑壁垒,全民皆兵,与楚军决一死战;如果将军态度和缓,那么吴国就不相信楚国会去进攻,防守就会松懈。现在将军要杀我,吴国获悉后一定会加强警诫,死我一人而保全了国家,这不是吉利又是什么?"

楚将听了,猛然间对卫士挥挥手说:"放了他吧。"

于是，使臣完成了使命，平安回到了吴国。楚国也知道吴国已有准备，便打消了进攻的念头。

晏婴下棋妙谏君

有一天，晏子听说齐庄公在花园里与妃子们下棋，就去求见。齐庄公见来了一位棋坛高手，就撇下妃子请晏子与他对弈，两人你来我往，下得不亦乐乎。

晏子身为相国，这次来见庄公，是带着任务来的。国君急于要他下棋，他只得按下话头不提，在棋盘上猛打猛冲起来，不一会儿工夫，就吃了庄公不少棋子。庄公沉着应战，慢慢地转败为胜，赢了晏子一局。

庄公一向知道晏子棋艺高超，可今天为什么败得如此之快呢？就问晏子道："相国文韬武略、满腹才学，帮助寡人治理国家都驾轻就熟，为什么这局棋下得如此糟糕呢？"

"臣有勇无谋，输给国君是情理之中的事。"晏子用手指着棋盘说，"下棋是这样，管理国家大事也是这样，臣已经很难胜任相国的重任了。"

庄公吃了一惊。晏子自担任相国以来，协助自己把齐国治理得井然有序，是一个很有名望的重臣，今天为什么说出这样泄气的话来呢？猛然间，庄公察觉到这是晏子在委婉地批评自己偏爱勇力而不重视仁义，不由得脸上微微泛红。

应该说，齐庄公还是有一些自知之明的。这些年来，齐庄公偏护那些勇武有力的人，使武夫们滋长了骄傲情绪，傲视百官，欺压百姓，闹得京城鸡飞狗跳、人仰马翻。一些有见识有作为的文臣得不到重用，官风民风越来越坏。不少大臣劝谏庄公，他却怎么也听不进去。今天晏子的一句话倒使庄公警觉起来，他很想听听晏子对重用武夫的看法，于是坦率地问道："请相国实话告诉我，古时候有没有哪一个国君单单依靠勇力就能够安邦治国的呢？"

晏子回答说："夏朝末年有大力士推侈、大戏，殷朝末年有勇士费仲、恶来，这些人都能日行千里、力擒虎豹，可是他们却无力挽回夏桀、殷纣的灭亡。夏、商的覆灭告诉我们一个真理：光靠勇力而不讲仁义，没有一个不失败的。"

齐庄公仔细体会晏子说的话，认为他说得很对，就恭恭敬敬地站起来，感谢晏子的中肯批评，表示以后一定要重视仁义。

两人又重新下起棋来。这次晏子不再是猛打硬冲，而是精心布局，进退有致，庄公很快就抵挡不住而节节后退。同样一个晏子，为什么两局棋的下法完全不一样呢？齐庄公心里思忖着，猛然间，他终于悟出了其中的道理：这是晏子在用下棋来教育自己改正错误啊！看来今天棋盘上的收获真是多呀！

墨子妙言劝楚王

鲁班是我国古代的能工巧匠，相传为木匠的祖师爷。楚国便聘请鲁班制造云梯，准备利用这种新式工具来攻打宋国。

墨子一贯提倡兼爱、非攻，他听到这件事，就去找鲁班，问他为什么要这么做。鲁班很自然地回答："我是个做手艺的工匠，既然有人聘我做工，我就应该着力去做，这有什么不对呢？"

墨子就说："那我用重金聘请你去杀一个人，你愿意干吗？"鲁班说："杀人是不忠不孝、不仁不义的事，哪怕给我一座金山，我也不能干的。"

墨子就说："楚国攻打宋国是以强压弱的不义战争，你为楚国制造云梯是助纣为虐，支持不义的行为。战祸一起，死伤的何止一人两人？千万百姓将丧生，无数家庭将毁灭。金山放在你面前，让你杀一人却不肯。如今楚王聘用你帮助他杀害宋国无辜的百姓，你认为自己是个忠孝之辈、仁义之人吗？"

鲁班被说动了心，答应不再为楚国制造云梯了，但他又拗不过楚王的旨意，就带了墨子去面见楚王。

墨子对楚王说："现在有这么一个人，不坐自己华丽的马车，而想要邻居的老牛破车；不穿自己的锦绣衣裳，而想着剥去邻居的破衣烂衫；不吃自己的佳肴美食，而想吃邻居的糟糠粗饼。这是一种什么行为呢？"

楚王说:"此人的行为无异于盗贼。"

墨子接着说:"楚国有五千里土地,宋国只有五百里土地,这就如同华丽的车子和破车一样;楚国森林面积广大,名贵木材遍地皆是,而宋国树林很少,连烧炭的木材都很少,这就像锦绣衣裳和破衣烂衫一样;楚国城市繁华,宋国地多荒瘠,这就如同佳肴美食和糟糠粗饼一样。大王如要攻打宋国,这是什么举动呢?"

楚王一时语塞,支吾着道:"并非我要攻打宋国,而是臣下建议要那么干。"

楚王自知理亏,就打消了进攻宋国的念头。

虎会巧谏赵简子

春秋末年,晋国的赵简子有一次乘车上山游猎。

车子艰难地行驶在崎岖的羊肠小道上,同行的家臣都费劲儿地为他推车,一个个汗流浃背,有的甚至脱掉一只衣袖,半裸着身子。独有一个名叫虎会的家臣,并不推车,自管悠闲地把戟扛在肩上,边走路边哼着歌。

赵简子坐在车上,瞥他一眼,很不高兴,粗声粗气地对他说:"我上羊肠山道,群臣都来推车,唯独你虎会扛着戟边走边唱不出力,这是你做臣子的欺侮君主啊。臣欺君,该当何罪?"

虎会说:"臣欺君,罪该死而又死。"

赵简子问:"什么叫'死而又死'?"

"自己身死,妻子又死,这就叫死而又死。"虎会说到这里,把话锋一转,紧跟着对赵简子说,"现在您已经知道了为人臣欺主的应得之罪,那么,您是不是也想知道为君的轻慢臣下的应得之罪呢?"

赵简子不耐烦地说:"君主轻慢臣下,又该怎么样呢?"

虎会说:"做君主的轻慢臣下,久而久之,必然会出这样的局面:有智慧的不肯出谋划策,而人无远虑,必有近忧,国家自然就会危亡;能言善辩的不肯做使臣，咫尺天涯，难通有无，就不能与邻国通好；能征惯战的不肯破阵杀敌，将颓兵衰，弱肉强食，边界就会遭到侵犯。君主轻慢了群臣，内政、外交、国防都无人出力，败亡的局面就会随之到来，那时，便会国将不国了呢！"

赵简子大惊，急忙下令不再叫群臣推车上山了。然后，他又摆酒设宴，与群臣共同欢饮。使他懂得了爱臣意义的虎会，更是理所当然地被推为上宾。

伍子胥智过昭关

伍子胥是楚国贤臣伍奢的儿子。伍奢被楚平王所杀，伍子胥悲愤万分，逃到宋国，与先期逃亡宋国的太子建密谋。哪知事不机密，太子建又被杀害，伍子胥只好仓皇出逃。于是就有种种伍子胥过昭关的故事。其中一个传说是这样的：

伍子胥被关吏捉住了，他却吓唬关吏说："你知道楚王为什么追捕我吗？是因为我有一颗价值连城的宝珠啊！老实告诉你：现在这颗宝珠已被我弄丢了，你抓我抓得正好，我就可以把宝珠赖在你身上，一口咬定是你夺取了我的宝珠，并且把它吞到肚子里了，看你怎么去对大王分辩？那时大王一定会杀死你，剖开你的肚子寻找他的宝珠，即使我也会被杀，但你的肠子可早已断成一寸一寸的了。"

关吏听了他这番威胁，早已吓傻了，只得乖乖地把伍子胥放走了。

苏代妙论鹬蚌斗

一次，苏代听说赵惠王要攻打燕国，觉得对赵燕两国都没有好处，于是决定劝说赵惠王改变这个主意。

见到赵惠王后，苏代先不提这件事，却对赵惠王说，他在易水河边看到一件新鲜事：

有一只很大的河蚌张开壳在河边晒太阳，柔和的阳光照在它白嫩的肉上，真是舒服极了。可是，从河蚌的后面偷偷地走过来一只精瘦的鹬鸟，它真是饿极了，便抬起尖利的长嘴巴，向河蚌露出壳外的鲜嫩的肉一口啄去。

河蚌受到突然袭击，急忙夹紧坚硬的外壳，把鹬鸟的长嘴巴牢牢地夹住了。

鹬鸟作了一番挣扎，河蚌的硬壳却越夹越紧，无法挣脱。于是，鹬鸟恶狠狠地说："河蚌呀河蚌，你不要这样凶狠，如果今天不下雨，明天不下雨，你不是要渴死吗？我就等着吃你的死蚌肉了！"

河蚌的那一块嫩肉依然被咬在鹬鸟的长嘴巴里，它十分疼痛，可是也不甘服输，便嘲笑鹬鸟说："你要吃我的肉，我就要你的命！今天不放你，明天不放你，你也非饿死不可！"

它们吵个不停，谁也不肯让步。

这时，有个渔夫远远听见这边的动静，就疾步跑了过来，伸手把它们逮住了，放进了鱼篓。鹬鸟和河蚌成了渔夫的美餐，后悔也来不及了。

赵惠王听了很有兴趣。苏代趁机转入正题说："我听说大王要出兵攻打燕国，燕赵两国国力相当，赵国在几年内不可能把燕国打败，势必长期相持下去。强大的秦国看见燕赵都疲惫不堪，一定会像易水边的渔夫那样趁机从中渔利。这对赵国又有什么好处呢？所以，发兵攻燕的事还得三思而行啊！"

赵惠王终于恍然大悟，恳切地说："我们不能做鹬和蚌那样的傻事，去让秦国得利。出兵燕国的事以后就别提了！"

公孙龙反诘妙计

秦国怕六国联合起来对付自己，便先与赵国订立了同盟和约："从此以后，秦国所要做的，赵国要帮助；赵国所要做的，秦国也要帮助。"

不久以后，秦国便发兵攻打魏国。赵王怕秦王灭魏以后转而攻打自己，便想去救援魏国。秦国得知以后很不高兴，派人责问赵王说："我们两国已经约定，秦国所要做的，赵国要帮助；赵国所要做的，秦国也要帮助。现在秦国要进攻魏国，赵国不但不帮助秦国，反而要去援救魏国，这不是违背条约吗？"

赵王把这件事告诉了平原君，平原君也不知该怎么回答秦王，便去请教公孙龙。公孙龙说："这没有什么难办的。赵国也可以派人去秦国，以同样的方法责问秦王，说赵国要去援救魏国，而秦国竟不帮助赵国，这也是违背和约啊！"

许绾阻造中天台

战国时，魏王要修建中天台，同时发布命令：有敢劝阻的，就要砍他的头。

一天，许绾担着畚箕拿了铁锹进宫，对魏王道："听说大王要建造一座中天台，我愿意添一把力。"

魏王问："你有什么力可添的呢？"

许绾说："我虽然没什么力气，但是能够帮助策划筑台的事。"

魏王说："你说吧。"

许绾说："为了显示大王的威望，要修建中天台，就应该筑得高一些。"

魏王说："对啊！"

许绾说："那么至少要半天高吧。"

魏王说："半天高好啊。"

许绾说："我听说天和地之间相距一万五千里，今天大王要筑一个半天高的台，就应当有七千五百里高。像这样的高台，台基就得方圆八千里；拿出大王的全部土地，还不够做台基。大王如果一定要造这个台，首先就要出兵征伐各诸侯国，占领他们的全部土地；这还不够，再去攻打四面边远的国家，得到方圆八千里的土地，才有了做台基的地方。积聚的筑台材料，众多的筑台苦役，仓库中储备的粮食，数目都要以亿为单位来计算。同时，估计方圆八千里之外，还应当规定种植庄稼的面积，以供应造台的人食用。具备了这些条件，才能够动土造台。"

魏王听后，便放弃了造台的打算。

翟璜的顺耳忠言

战国时期,魏文侯派大将乐羊攻伐中山,取得胜利。魏文侯当即把中山分封给了自己的儿子。魏文侯问群臣:"我是怎样的君主?"

群臣几乎异口同声地说:"您是仁义的君主。"

魏文侯听了,心中喜滋滋的。

不料大臣任座站出来说:"您得了中山,不把它分封给您的弟弟,而把它分封给儿子,这怎能算是仁君呢?"

任座竟敢否认魏文侯是仁君,大家都惊呆了。魏文侯气得涨红了脸,说不出话来。任座急忙退了出去。

殿堂里鸦雀无声,局面一下子僵了。过了好久,魏文侯才松了口气,问大臣翟璜:"你也说说,我到底是怎样的君主?"

翟璜不假思索地说:"您是仁君。"

魏文侯的脸上又浮现出笑容,群臣也终于松了口气。

魏文侯接着又问:"那你说说,为什么说我是仁君呢?"

翟璜不慌不忙地回答:"臣闻'君仁则臣直'。刚才任座的话说得那么直率,他敢当着您的面批评您,这不正说明您是位仁义的君主吗?"

魏文侯又笑了,笑得更加开怀。于是,他立即命令翟璜去把任座请回来,并亲自走向殿堂去迎接,把任座奉为上宾。

庄子的处世之道

山林里,一群伐木工人正在砍伐树木。地上已经倒下一大片树木了,却有一棵枝叶繁茂的大树还屹立在那儿没人去砍它。

庄子和学生途经山中,见此情景,庄子便问工人不砍伐这棵树的原因。伐木工人答道:"这棵树砍下来也没有用处。"

庄子下山后,拜访一位朋友。老朋友很热心地叫儿子去杀一只鹅招待。

儿子问道:"一只鹅会叫,一只鹅不会叫,到底杀哪一只?"

父亲说:"杀那只不会叫的!"

第二天,学生们问庄子:"昨天我们在山中看见那棵大树因为没有用处而没有被砍伐,而今主人家的鹅却又由于没有用处而被宰杀。请问老师,您是以什么样的态度作为处世之道呢?"

庄子意味深长地说:"这样看来,我只有将自己处于有用和无用之处:看似有用,又似无用;看似无用,又似有用。不过,这也许仍难免其害。如果能心怀道德以待人处世,那就决计无害啦!"

燕昭王从善如流

公元前314年,燕国发生内乱,齐国乘机攻打燕国,杀死了燕王哙。不久,燕昭王即位。为了收复失地,他亲自登门向燕国贤者郭隗请教寻求贤能人才的计策。

郭隗说:"成就帝业的国君,把贤人作为老师看待;成就王业的国君,把贤人作为朋友看待;成就霸业的国君,把贤人作为大臣看待;而国家也保不住的国君,则把贤人作为奴役看待。大王如果虚心听取贤人的教导,恭恭敬敬地拜他为师,那么,天下的贤人就会归附到燕国来。"

燕昭王说:"我倒真想向所有的贤人学习,只是不知道先去召见谁最合适。"郭隗没有直接回答,而是讲了这么一个故事:

从前有个国王想用千金去买一匹千里马,但三年过去了也没有买到。

有个大臣对国王说:"让我来为大王效劳吧!"过了三个月,那个大臣找到了一匹千里马,可马已经死了,他就花了五百两黄金,把马骨买了回来。

国王大怒道:"谁让你用重金去买马骨的!"大臣说:"一匹千里马的骨头尚

且花了五百两黄金，更何况活的千里马呢？天下的人必然认为大王是诚心买千里马，肯定会把千里马送上门来的。"

果然，不到一年时间，国王就得到了三匹千里马。

郭隗讲完故事，又说："现在大王如果真想寻求贤人为师，那就请从我开始吧。连我郭隗都能受到重用，何况比我更有才能的人呢？他们一定会从千里之外赶来的。"

燕昭王觉得很有道理，就为郭隗修建了宫室，并把他作为老师看待。这件事传开以后，很多贤能的人从各国前来投奔燕昭王。燕国依靠了这些人才，最后终于打败了齐国。

雍门周引人悲伤

战国时代，著名乐师雍门周去见孟尝君。孟尝君问："先生弹琴能使我悲伤吗？"

雍门周答道："我能叫他悲伤的是这样的人：先前富贵荣华而今贫困潦倒，品性高雅而不能见信于人，至亲好友被迫分离，孤儿寡母无依无靠……像这种人，听见鸟叫凤鸣都会伤心；听我弹琴，更是没有不落泪的。至于您，养尊处优，无忧无虑，我再会弹琴也不会感动您。"

孟尝君听了，觉得很有道理。但雍门周接着又说："不过依我看，您也有您的悲哀。您抗秦伐楚，得罪了两个大国，而今天下大势非秦必楚，您只拥有区区一个薛地（今山东滕州市），秦楚要收拾您如同拿斧头砍蘑菇一样容易。等您一死，祖宗无人祭祀，您的坟头长满荆棘，狐兔出没，牧童在坟上嬉戏，人们见了就会说：'孟尝君曾经那样尊贵显赫，到头来也不过如此啊！'"

孟尝君听了这番话，不禁热泪盈眶。此时，雍门周一弹琴，他就止不住地哭起来，说："我一听先生弹琴，就感到自己好像是亡国之人了。"

齐人智谏靖郭君

战国时,靖郭君田婴准备在自己的封邑薛筑城,他的门客都劝他不要这样做。田婴不听,还吩咐负责传达的官员,不要替这些人通报了。

门客中有个人求见田婴,说:"我只要求让我讲三个字就行了。如果多说一个字,就把我处以烹刑。"

田婴便接见了他。门客快步向前,说了一声:"海大鱼!"转身就跑。

田婴说:"等一等,你的话还没有说完呢!"

门客说:"我可不敢拿性命开玩笑啊。"

田婴道:"没关系,你再说下去。"

齐人说道:"您不曾听说过大鱼吧,网儿兜不住,钩儿钩不上,如果不小心到了没水的地方,即使连小小的蚂蚁也可以任意欺侮它了。现在,齐国就是您的'水'啊。您只要一直保有齐国的庇护,又何必在薛筑城呢?如果失去了齐国,您就是把薛城筑得天一般高,也没有用处啊。"

田婴听了觉得有理,便停止在薛筑城。

巧女卷

齐姜醉夫为大业

故事发生在春秋时期。

晋献公死后,国内发生叛乱,公子重耳逃出晋国,辗转流浪,最后逃亡到了齐国。齐桓公对重耳相当礼遇,不仅送给他二十辆马车,还把本家女儿齐姜嫁给了他。

齐姜是一个很有抱负的女子,希望重耳日后能回到国内,重振国威,干一番伟大事业。想不到丈夫一过上安定的日子,便满足于儿女情长,把复国的大业丢置脑后。一天,齐姜摆出一桌丰盛的酒宴,准备趁着酒兴,再好好劝说一番。

"公子,为妾有话要说。"齐姜敬上一杯酒,神色庄重地说,"诸位老臣为什么不辞劳苦,跟随您辗转列国?就是因为他们盼望着有朝一日能重振国威,共享富贵。可是……"

"可是怎么样呀?"重耳催促妻子说下去。

"可是自从公子在齐国安顿下来,就沉浸在卿卿我我的温情之中。妾能得到公子厚爱,万死不能报答您的恩情。不过,如果因为妾而耽误了您的复国大业,那妾可担当不起呀!"她停下话头,观察着丈夫的脸色,狠狠心又说了下去,"我看,晋国局势已发生了变化,我们现在回去,正是时机啊!"

重耳怒气冲冲,几欲发作。齐姜不便再劝,于是满脸堆笑地陪他饮酒,一杯接一杯地敬着。

齐姜实实在在是想把重耳灌醉。她看到好言劝说无效,就想到丈夫的舅父狐偃的主意。原来狐偃看到外甥沉湎于酒色之中,十分生气,决定把他劫掠回晋国。齐姜决定做好配合。

重耳不知是计,喝得酩酊大醉。齐姜就果断地用被子把丈夫包裹起来,交给狐偃。狐偃把重耳装上马车,日夜兼程向晋国进发。

后来,重耳在狐偃等大臣的协助下,经过一番艰苦的努力,终于登上了君主之位,就是晋文公。当上国君的重耳,马上派人到齐国隆重接回了妻子。齐姜看到当上国君的丈夫,再想到丈夫当年颠沛流离的逃亡生活,涕泪交加地说:"当年为妾这样做,正是为了今天的夫妻团聚啊!"

楚庄王爱姬荐才

楚庄王有个爱妃,名叫樊姬。她不仅长得美丽,而且很有头脑,对国家大事常有卓越的见解。因此,楚庄王把她视为明珠,十分珍爱。

一天,楚庄王从朝堂回到宫里,樊姬见他皱着眉头,便关心地问道:"大王,今天有什么不开心的事?为什么下朝这么晚啊?"

楚庄王说:"现在国家正是多事之秋,政务万端,我正同贤相两人细细商讨呢。"

樊姬又问:"贤相是谁呀?"

楚庄王说:"虞丘子。"

樊姬笑道:"月亮虽好,还得星星拱卫。虞丘子虽然贤能,只是单枪匹马,而且年纪又大了,我看他不算大贤相呢!"

楚庄王惊问:"依爱妃看,怎样才算大贤相呢?"

樊姬笑道:"十步之内,必有芳草。楚国幅员如此广大,地跨两湖,是人杰地灵之所在,难道虞丘子就不能向大王多多推荐一些人才来帮助理政吗?"

第二天上朝时，楚庄王将樊姬的话转告虞丘子。虞丘子听罢，满脸羞红，立即向楚庄王推荐孙叔敖做宰辅，自己告老退职。

孙叔敖上任不久，就碰到一个棘手的案子：虞丘子家里有人犯了国法，按理要受到严厉惩处，可是办案的官员考虑到虞丘子是有功于国家的老臣，迟迟不敢判决。

孙叔敖听完下属的汇报，略一沉吟，便严正地说道："王子犯法与庶民同罪。如果因为虞老有功于国而不敢惩治他家犯法的人，这个王法还有啥用？偌大的国家如何能治理得好？"

说完，孙叔敖便下令将虞丘子的家人逮捕法办，还按例将那个失职的官员查办。

楚国民众听到这件事，无不肃然起敬。全国很快出现了赏罚分明、政治廉洁的局面。

楚庄王立刻召见虞丘子，对他感谢道："是你推荐了这个好人才，功劳簿要记上你的头功！"

虞丘子惶恐地跪谢道："大王，孙叔敖一直就是不徇私情、不畏权势、严格按法办事的干练人才。过去我没有及时推荐，这是我的不是啊！"

楚庄王连忙抚慰道："你就莫要自谦了。最后还不是你这位老贤相推荐了新贤相吗？"

虞丘子忙道："大王，真正推荐人才的不是我，而是樊姬夫人。"

楚庄王恍然大悟，笑道："对！我怎么就忘了这个深谋远虑的贤夫人哩！"

陶妻远虑苦劝夫

周朝的时候，有一个叫陶答子的人，被派到陶这个地方做官。三年下来，陶地还是老样子，没有一点儿改变，可他家里却暴富起来，财产超过了先前的三倍。这件事引起了他妻子深深的忧虑。

有一次，陶答子回到家里，神采飞扬地交给妻子几只金元宝和一颗珍贵的夜明珠。

妻子满脸愁容。

陶答子不快地说："别家的妻子为缺吃少穿而愁白了头，你跟着我日有金、夜有银，还有什么不满足的呢？"

妻子启发道："我听人家说，南山有一只豹，因为没有长成花纹，而在大雾中隐藏了七天七夜，没有出来觅食，这是为什么呀？"

"那是它胆子小，活该挨饿！"陶答子不屑一顾地说。

"圈里的猪贪馋而饥不择食，长得白白胖胖的，就挨了刀子，这又是为什么呀？"妻子耐心地引导。

"吃饱了挨刀，是个饱鬼，那也值得。"陶答子正在欣赏夜明珠发出的绿莹莹的光，心不在焉地回答。

妻子很生气，提高声音说道："古人说过，缺乏知识的人爬上高位做大官，祸害离他已经不远了。对国家对百姓没有建树和贡献，而家中却积金屯银，这不值得高兴，因为家难已经在向他招手了。夫君治理陶地三年，并没有什么显著的政绩，却在钱财上下着工夫，我怎么不为你担忧呢？"

陶答子听了这番话，像被当头泼了一盆冰水，暴怒地打了妻子一记耳光，还不容分说，让家丁把她赶出了家门。

"夫君保重！"妻子抱着一个最小的孩子，边哭边走，还不时地回过头来，希望陶答子能回心转意。可是，陶答子早已返身进入内室去了。

一年以后，陶答子家里果然遭到大难，除老母亲外，一家人都成了刀下之鬼，家产被洗劫一空。妻子听到这个消息，大哭了一场，带着最小的孩子回到家中，安葬了丈夫等人，又好言安慰了婆婆。从此，她靠着自己的辛勤劳动，养活着一家三口，再也用不着提心吊胆地过日子了。

鲁班妻子的高招

一次，鲁班率领工匠们为一个有钱有势的富贵人家建造一座华贵的厅堂。在鲁班的指挥下，工匠们各司其职，分工协作，工程进展十分迅速。眼看就要到立柱子、搭屋顶的时候了，鲁班忽然大叫一声："糟糕，糟糕！"

工匠们莫名其妙，纷纷问道："师傅，啥事呀？"

鲁班连喊数声"抱歉"，指着堆在院内的名贵的香樟木说："我一时疏忽，把这些做厅柱的木头截短了，怎么办，怎么办？"

工匠们听罢个个面色灰白：这批香樟木价格极其昂贵，即使大伙儿倾家荡产也难以赔偿；就算赔得起，再去办一批货，势必延误厅堂完工的日期。而主人正等着用新厅举办寿筵，招待朝廷那些达官贵人呢。耽误了此事，可不是闹着玩的，说不定要鲁班去吃官司呢……

鲁班急得食不甘味、寝不安席。妻子发现丈夫终日愁眉苦脸，问明缘由，用纤纤手指往丈夫额头上轻轻一戳，笑道："亏你还是工匠的权威呢，连这种简单的问题也解决不了。"

鲁班恳求道："你就帮我一把吧！"

妻子白了他一眼，笑道："你说我的身材高不高啊？"

鲁班说："不高，不高，只到我的肩膀。"

妻子又问："那我现在怎么同你差不多呢？"

鲁班恍然大悟道："啊，你在靴底垫着木拖鞋，头上插着玉簪、珠花。啊！有了，有了！"

在妻子的启发下，鲁班在每根厅柱脚下垫起圆形的白柱石，厅柱上端镶接雕刻着花鸟的柱头，这样不仅解决了难题，而且整个厅堂显得更富丽堂皇了。

吴妃子撒盐得宠

相传春秋时期，吴王夫差征战回都，妃嫔们都想抢先得到他的宠幸，为此各人绞尽脑汁，想出了许多高招。有一位聪明的妃子，在当时被视为珍品的盐上面做文章，由此得宠于夫差，并被传为美谈。

传说这名妃子在自己的门前撒满了食盐，夫差骑马经过妃子门前时，马见有盐，便会停下来舐盐，不愿再走。吴王见自己宠爱的战马不愿走，自己也就停留下来，在这位妃子的宫里安歇。

其他妃子争宠，大都在夫差身上打主意，而这位妃子却能另辟蹊径，从马上打主意，结果她成功了。

孟轲之母明大义

孟轲是战国时期的思想家、教育家，孔子的再传弟子。孟轲幼年丧父，孟母带着幼小的儿子，和许多孤儿寡母一样，过着清贫的生活，一家的生计全靠孟母纺线织布维持着。

这样的家境，使孟轲懂事很早。他常常怀着好奇心，观察成年人做事，在外面见了什么感兴趣的事情，回到家里就认真模仿。

他们家开始住在墓地附近，孟轲看见别人家埋葬死者，便在院子里堆起泥土，在土堆边插上柳树，用土块做祭品，再学着大人们的样子，念着悼词，一边哀哭，一边祭拜，表情既严肃又认真。孟母知道后，对孟轲说："孩子，这可不是你该学的事。"于是把家搬到远离郊外的街市中。

孟轲看到街市旁有杀猪卖肉的，觉得很有趣，回家后将猫捆绑起来，照着杀猪人的样子，屠宰之后，高声叫卖。邻居们对孟母夸奖说："您的儿子多么聪明啊，什么事他都一学就会。"孟母郑重地说："我把一切希望都寄托在他的身上，不能让他这辈子只做个生意人。"于是又把家搬到一所学校旁边。

孟轲经常去观看儒士们演习礼仪，就每天都照样练习。他布置好宾主座席，将家中的杯盘摆在案子上，学着作揖、行礼，一进一退，做得规规矩矩。孟母这回才面露笑容，高兴地说："我们早就该在这里呀！"

孟轲长大以后，孟母就把他送进学校，勉励他认真读书，要做一个像孔子那样品德高尚、博学多才的人。

孟母不仅在学业上督促孟轲，在品德修养上也经常对孟轲进行引导。孟轲所从事的儒学是很注重为人处世的礼仪的，他成年娶妻后，就用礼仪严格要求自己的妻子。

有一次，孟轲的妻子独自在卧室里坐着，为了舒适一些，便将两腿伸直、叉开。这种将腿伸直、叉开的坐姿，被称为"踞"，又称"箕踞"。在古代严肃的礼仪中，是不允许有这种姿势的，因为它本身带有放任、随便、不拘礼之嫌，在公众场合是最轻慢不过的。孟轲从外面回来，看见妻子坐着的姿势，顿时大怒，气冲冲地来到母亲面前，说道："媳妇无礼，我要把她休掉。"

"到底发生了什么事？"孟母吃惊地问。

"她叉腿坐着，这事还小吗？"孟轲理直气壮地说。

"你怎么知道的？"孟母知道儿媳妇一向孝顺守礼，今天的事必有缘故。

"我亲眼见到的，还会冤枉她不成？"孟轲怒气未消。

孟母听到这里，才放下心来，平静地说："我明白了，这是你失礼，你媳妇并没有做违礼的事。《礼记》上不是说过吗，'将入门，问孰存。将上堂，声必扬。将入户，视必下'。进门之前，先问谁在家里；进入客厅之前，要高声说话；进入内室，一定要低下头。这是为了让别人事先有所警觉，免得仓猝之间来不及准备。现在你却直接闯入人家的私房，进门也没说一声，让人家叉着腿对着你，这不是你无礼吗？你媳妇有什么过错？"

孟轲这才意识到自己的过失，再也不敢说休掉媳妇的话了。

赵母上书揭儿短

赵括的母亲得到赵王要任用赵括为大将的消息，日夜坐卧不安。她知道儿子不是大将的料子，这样的重任他担不起呀！特别让赵母不放心的是，眼下赵国的军队正在长平与秦军对峙，赵王中了秦国的反间计，撤换了原先的大将廉颇。没有实战经验的儿子若走马上任，打了败仗，丢城失地，这不仅害了国家，也害了儿子。她决定写封信给赵王，陈述利害。

赵母在信上写道："我的儿子赵括没有能力担任大将。之前，他的父亲整个身心都在带兵打仗上，从不过问家里的事。可是，我的儿子全然不像他的父亲，大王奖赏给他的金银财物，都藏在家里，还时时准备着购置房屋田产。他的志向这样短浅，心胸这样狭窄，怎么能当好大将呢？我是从赵国的安危出发，请求大王不要委任我的儿子为大将。"

赵王接到赵母的信，摇摇头说："天下哪有做母亲的不为自己儿子升官而高兴的呢？赵括的母亲不赞成儿子做大将，真是个怪人，我不能听她的话。"

赵母知道赵王不听自己的劝告，一定要任用赵括为大将，生气地又给赵王写了一封信，说道："我了解自己的儿子，可是大王不听我的话，日后赵括若打了败仗，请不要连累我！"赵王只得同意了。

果然不出赵母所料，赵括担任大将后，把廉颇原来制定的军事计划都废除了，加上指挥失误，结果兵败身死。赵王因为赵括母亲有言在先，因而没有株连于她。

齐后巧解玉连环

秦王派使者拿着一套玉连环，专程送给齐国王后。使者说道："我们国王听说齐国的老百姓都很聪明，您是一国之后，就更聪明了。聪明的王后，您一定有办法解开这套玉连环喽！"

齐国王后接过玉连环，左看右看，不能解开。

秦国的使者站在一边窃笑。

王后突然明白过来，玉连环是玉匠制环时从一块完整的玉石上雕凿出来的，再聪明的人都不能解开。秦王出这样的鬼主意，完全是在凌辱齐国，我必须维护齐国的国威和齐王的尊严。她思考片刻，一个好主意在脑子里跳了出来。她轻蔑地对秦国的使者说道："这样简单的事，我们齐国的小孩子都能办，亏着你千里迢迢赶到齐国来请教！"

齐国王后说罢，叫侍从取来一把铁锤，向玉连环狠狠砸去，破碎的玉石飞溅了一地。"这不是解开了吗？"她神态自若地一笑。

秦国使者怒气冲冲地说："哪有这样解玉连环的？你是蔑视秦王，秦王不会饶恕你们齐国的。"

齐后也正色道："玉连环是秦王送来请我解的，我出于对秦王的尊敬，才帮了这个忙。秦王是个知书达理的人，怎么会与帮助过他的人过不去呢？"

使者无言以对，悻悻地退出了齐宫。

杨夫人当机立断

汉昭帝死后，王室重臣、大将军霍光一度拥立昌邑王刘贺为帝。但刘贺荒淫嬉戏，毫无节制。霍光和张安世商量，要废掉刘贺，另立刘询。商定了之后，他们派九卿之一的大司农田延年去告诉丞相杨敞。

杨敞一听事关重大，吓得汗流浃背，不知该说什么好。当田延年起身上厕所时，杨敞的夫人急忙从厢房跑过来对杨敞说："这是国家大事，现在大将军已经议定了，才让九卿来告知你。你还不马上响应，和大将军同心同德去实行！再犹豫不决的话，到时候先得把你杀掉了！"

一会儿，田延年回来了。杨敞当即表态，坚决支持大将军他们的决定，终于免除了一场灾祸。

贤德母亲的预言

汉朝有个严延年,当过河南太守,他为人残酷粗暴,嗜杀成性,外号"屠夫"。

有一次,他的母亲从东海来看他,刚好碰见他判决罪人。对于判决结果,他的母亲大为惊讶,便停留在都亭,不肯进儿子的府第,并责备儿子说:"老天爷有眼,一个人不能只会杀人,我不想在我年老时看见壮年的儿子被判刑或处死。我要走了,离开你回东海去,打扫祖宗的坟地。"说完就走了。

一年以后,严延年果然获罪被杀了。东海人没有不称道严延年母亲的贤德和智慧的。

吕母杀县令复仇

王莽的新朝时,琅琊郡海曲县(今山东日照西)有位吕母,家中十分富有。吕母的儿子在县里担任小吏,因为一个小小的过错,竟被县令冤杀了。吕母悲痛欲绝,发誓要为儿子报仇。

吕母拿出家财酿造美酒售卖,同时还购置下刀剑和衣服。见有青年人前来买酒,她便总是有意多给些酒;如果来者衣着破烂,吕母便拿出自己购置的衣服送给他。几年后,吕母的家财因此散尽。那些得到吕母照顾的青年人便准备集资还给吕母钱财,以报答她的恩义。吕母却不肯,她向大家哭诉道:"我之所以肯结交诸君,并非为了钱财,只因县令枉杀我的儿子,想请大家为我做主,不知大家肯不肯?"

这些年轻人一听,都十分敬佩吕母的豪壮,都答应替她报仇。于是,吕母召集起几千人,自称将军,率兵攻破了海曲县城,将那位县令逮了起来。吕母当众数说县令的罪责,随即将其斩首,以偿血债,为儿子报了仇。

王章贤德的妻女

汉朝的王章当年还是儒生时,在长安求学,单独和妻子住在一起。一次,王章生病了,没有被子,他只好睡在给牛御寒的蓑衣里面。他觉得自己活不成了,哭着和妻子诀别。妻子气得呵斥他说:"你在京师受尊重,哪个显贵人物能超过你?现在生病了,在艰难困苦中,你自己不振作精神,反而痛哭流涕,这是多么浅薄,多令人看不起啊!"

后来,王章越级当了京兆尹。一次,王章要上书密奏,弹劾大将军王凤,妻子又阻止他说:"人应当知足了,难道你忘了当年牛衣对泣的时候了吗?"

王章说:"国家大事不是女流之辈所懂得的。"密奏还是递上去了。果然,王章为此获罪,被关进监狱,妻子儿女也都被关了起来。

王章的小女儿才12岁,有天半夜忽然起来放声大哭,她说:"平时狱卒呼叫囚犯,常常是叫到九个,今天叫到八个就停了。我父亲素来刚直,先死的必定是我父亲了。"

第二天问起这事,王章果然已经被处死了。

赵夫人巧做幔帐

传说三国时,东吴国主孙权,一次天热时用紫纱帐罩着休息,还对一旁的赵夫人夸说这纱帐的名贵处。

赵夫人说:"这不算名贵。我能做一种幔帐,放下来帐内有清风,往外看又没有一点遮挡的感觉,站在帐边也能感到清风习习,十分凉快。"

孙权听了,很感兴趣。

赵夫人就用头发剖成极细极细的丝,再拿一种神胶将丝一根根地连接起来,织成极薄的绉纱,然后裁制成一顶幔帐。这顶幔帐无论从里往外看,还是从外往里看，都只觉得是一层轻烟在飘动，房间里也变得凉快了。

此后，孙权常常带着这顶幔帐行军打仗，打开竟有一丈宽，卷起来却可以塞在枕头里。当时的人就称它为"丝绝"。

阮氏的先见之明

许允主持魏国吏部时，选拔的郡守多是他的同乡人。魏明帝派武士去逮捕他。他的妻子阮氏赤着脚就从里屋跑出来，叮嘱他说："英明的君主只可以用道理去争取，难以用情感去乞求。"

许允被押到朝廷后，魏明帝向他核实情况，许允回答道："全是陛下所知道的这些。臣的同乡，是臣所了解的，陛下可以考查他们称职与否。如果不称职，臣甘愿受罚。"经过考查之后，那些官员都是称职的，于是就把许允释放了。

到许允出任镇北将军的时候，他喜滋滋地对妻子说："我算是摆脱危险了！"

妻子说："祸事就从这儿出现了，哪里是摆脱了？"

原来许允和夏侯玄、李丰关系很好，李丰等人反对大将军司马懿，想杀他。这事还没有暴露，许允倒先因为别的事被逮捕了，居然正像他妻子所预言的那样。

许允被逮捕后，他的门生急忙跑去告诉他妻子。他妻子安坐在织布机旁，神色安宁，说道："我早就知道会这样了。"门生想把他们的孩子藏起来，他妻子说："不要干涉孩子们的事！"于是她带着两个儿子搬到祖坟那里居住。

大将军司马懿派钟会去审察他们，并交代说："他们一提到他们父亲的事，就抓起来。"

当儿子告诉母亲钟会来了时，母亲说："你们虽然是好孩子，但才能不够。你们跟钟会谈话时要显得随意轻松些，这样就不会有麻烦事。一定不要表现出非常伤心的样子，不能多打听朝廷里的事情。"

儿子们就按母亲的告诫去做了。司马懿是最爱猜忌的，但这次见面没有引起他的疑心。因此，许允的两个儿子最后得以避免受到株连。

辛宪英多思善断

羊耽的妻子辛宪英，是魏文帝曹丕的侍中（相当于宰相）辛毗的女儿，聪明有才学。

当初曹丕被立为世子时，曾搂着辛毗的脖子问道："你知道我高兴不高兴？"

辛毗回家后对女儿说起这事，宪英叹道："世子是代魏王掌管国家的人，代替魏王的人不能不知道担心。该忧愁的忧愁，该担心的担心，这样反而会有喜事，国家哪能不昌盛呢？"

齐王曹芳在位时，辛宪英的弟弟辛敞是曹爽手下的参军。太傅司马懿策划诛杀曹爽。这时有人来叫辛敞一起前往曹爽处，辛敞因已听到风声，感到很为难。

宪英对弟弟说："曹爽和太傅一起在先帝临终时受命辅佐齐王，但他独断专行，毫无节制，对王室不忠。这次我估计不过就是把曹爽杀了而已。"

辛敞问："那么如果我不去呢？"

宪英说："为别人持鞭驾车而丢下自己的事情不管，是不好的。你怎么能不去呢？至于说到可能会死于国难，那也是君王极亲近的人应尽的责任呀，再说你也是跟众人一起干罢了。"

辛敞听了，就去参与行动。司马懿果真只把曹爽杀掉了。辛敞感慨地说："如果事前没去和姐姐商量，我几乎成了不义之人。"

钟会当了镇西将军后，宪英曾问羊耽的侄子羊祜："钟会为什么到西边去？"

羊祜说："将要讨伐蜀国了。"

宪英说："钟会做事总是放纵无拘束，有这种行径的人不会长久地甘居人下，我怕他有别的志向。"

到钟会出发时，请宪英的儿子羊琇当参军，宪英担心地说："别的时候我为国事担忧，现在灾难降临到我自己家了。"于是，羊琇坚持推辞，但文帝曹丕不听。宪英只好对羊琇说："那就去吧，但是要提防着他！军旅之间，唯有仁爱宽恕可以帮助你。"

钟会到达蜀国之后，果然反叛了。羊琇遵守母亲的告诫，最后保全了名节，回到了魏国。

陶侃母截发留宾

东晋大将军陶侃的母亲湛氏，是豫章（今江西南昌）新淦人。早先，陶侃的父亲陶丹纳她为妾，生下了陶侃。陶家很贫穷，湛氏总是用纺纱绩麻换来的钱资助陶侃，让他去和有声望的人交往。

陶侃年轻时当过浔阳县吏，负责监管鱼市的交易，曾送给母亲一瓦罐腌鱼。湛氏把腌鱼退还给陶侃，并写信责备他说："你身为官吏，拿官家的东西送我，不但没有好处，反而增加我的精神负担了。"

鄱阳名士范逵被举为孝廉，有一次，他到陶侃家投宿。那时正是冰天雪地的冬日，陶侃家徒四壁，而范逵的随从和马匹又多。

陶侃的母亲对儿子说："你只管到前面留客吧，我自有办法。"湛氏舍弃了自己长垂至地的秀发，剪下来做成两副假发，换得几斛米。她又把屋里的柱子各劈下一半当柴烧，还铡碎睡觉用的草席给马匹当草料。她终于置办出很像样的酒饭款待客人，范逵的随从也都得到了很好的招待。

范逵听说这些情况后，感叹道："不是这样的母亲，是培养不出陶侃这样出色的儿子的！"

范逵到了洛阳后，广为传扬陶侃母子的声名，而陶侃的仕途也得以出现转机，最终身居高位，显名于世。

庾友妻为夫求情

东晋庾友的妻子,是大将军桓温的弟弟桓豁的女儿。

桓温杀了庾希之后,牵连到庾友。庾友的妻子光着脚跑到桓府求见,但门卫不让进。她就厉声斥责道:"你是什么小人,我伯父的门还不让我进!"说着就冲进去了。

来到桓温跟前,她大哭着为丈夫求情:"玉台(庾友的小名)的脚短了三寸,平时都要依靠别人,他这个样子还能去危害别人吗?"

桓温听了笑道:"侄婿本来就是自己瞎紧张嘛!"于是他饶恕了庾友一家。

前秦皇后劝息战

前秦皇帝苻坚刚愎自用,于公元383年亲率87万大军从长安出发去进攻东晋,群臣苦劝无效。

临发兵前,皇后张氏对丈夫说道:"这一段时间你忙着出兵打仗,可听到一些反常的迹象吗?"

苻坚摇摇头。

张氏说:"秋冬以来,每天夜里犬吠鸡鸣,这是第一件反常的迹象。"

苻坚不知妻子葫芦里卖什么药,侧着头听着,并不做声。

"马厩有马受惊而逃,这是第二件反常的迹象。"张氏继续数说着,"武库的兵器无故作响,这是第三件反常的迹象。那些有学问的人说,鸡在半夜鸣叫,不利于出师;群犬乱叫,必有灾情;兵器无故而动,马无因而惊,军队就要打败仗,将领将死无葬身之地。现在,这三样反常的迹象都出现了,大王却要出兵攻打晋国,会有什么好结果呢?就是这些说法靠不住,大王可以不听不信,但是满朝文臣武将的话,却不能不听呀!"

苻坚面露不悦之色，似乎不想再听妻子说下去了。

张氏话既出口，非欲一吐为快。她继续说道："我听人说过，圣明的君王统治天下，重大的举动都应该顺历史的潮流，否则就会遭到失败。汤武灭夏商，是因为这样做符合天下百姓的要求，所以才能获得成功。现在，朝廷上下都说不可去进攻晋国，你为什么还非要出师不可呢？"

苻坚听了妻子的话，不以为然地说："文臣反对我出师攻晋，那是为了贪图安逸；武将阻止我举兵打仗，那是因为他们怕死。我怎么能被这些言论影响而削弱我出师的决心呢？你一个妇道人家，管管宫里的日常琐事还行，兴兵打仗的事能懂得什么呢？"

张氏见丈夫不听劝告，知道本国灭亡就在眼前，便要求随军而行。苻坚答应了她的请求。结果淝水一战，苻坚大败，张氏耻于为俘，当即自杀身亡。

刘三娘与兄猜谜

南朝梁代文学家刘孝绰有个三妹叫令娴，很会吟诗作文，文笔清丽，意境深远，世称"刘三娘"。刘孝绰官场失意被贬在家，心情抑郁，闭门不出，还在门上题了两句诗："闭门罢庆吊，高卧谢公卿。"

刘令娴看了哥哥的诗句，大有意志消沉之意，又不便指责哥哥，于是灵机一动，续上两句："落花扫仍合，聚兰摘复生。"

哥哥被妹妹的诗句激励得振作起来，特邀令娴的大姐夫王叔英、二姐夫张嵊前来刘家喝酒聚乐。

酒至半酣，二姐夫张嵊为增添酒桌上的乐趣，对令娴道："令娴妹续写大哥的诗句，初露才华，令人惊诧不已。今有一谜，若能猜出，更助酒席一乐。"

"二姐夫有谜只管说出。"刘令娴给大哥和两位姐夫敬了满满的一杯酒，"不过，我猜你的谜，你也要猜我的诗，来而不往非礼也！"

"自然，自然。你听着——"二姐夫吟道：

竹做栏杆木做墙，只关猪来不关羊。

三个小子来捉猪，吓得猪儿乱撞撞。

二姐夫说完，端起酒杯，只看不喝，他要等令娴猜出谜底，才肯饮她敬的酒。

刘令娴答道："二姐夫诗谜中的'猪'是指珠，谜底就是算盘。"

"真乃才女也！"二姐夫伸出大拇指，夸奖一声，一口喝下去半杯酒。

"二姐夫且慢夸我，小妹也有一首诗谜，要请你费心找出谜底，以助诸位酒兴。"

砍去左边是树，砍去右边是树，

砍去中间是树，只有不砍不是树。

二姐夫苦苦思索，不得要领，可是又不肯认输。

大哥刘孝绰替他解围道："蛾眉不让须眉，自古有之，何况这个才女是你的姨子，传出去你也有光彩呀！"

刘令娴听大哥这么一说，也不好过分为难二姐夫，便自己亮出了谜底："这是一个'彬'字。难怪人们说，聪明一世，糊涂一时，二姐夫不就是这样的聪明人吗？"

说罢，四人哈哈大笑，席间充满了快乐和谐的气氛。

长孙皇后巧引典

有一天，唐太宗李世民满脸怒气，要杀为他养马的人，旁人没有一个敢替养马人说话的。这时，长孙皇后走过来，看见丈夫的脸色不好，知道又有了不愉快的事，于是柔声问道："皇上为什么事在生气呢？"

李世民告诉她说："我的那匹最心爱的马好端端地突然死去，一定是养马人不负责任，让马吃了什么东西。你知道这匹马跟着我南征北伐，立下赫赫战功，现在却无病而死，叫我怎么不伤心呢？因此，我一定要杀了这个养马人，看谁以后还敢不负责任！"

长孙皇后很不满意李世民的做法，想说几句好话救下养马人，可是丈夫正在气头上，又不便直说。她突然想起历史上发生过类似的事，不妨讲给丈夫听听，也许能让他回心转意。

"陛下，你听说过齐景公杀养马人的故事吗？"长孙皇后的第一句话就把李世民的注意力拉过来了。

他饶有兴趣地听着皇后说下去："齐景公的一匹马死了，他要杀养马人。有个叫晏婴的臣子站出来说，养马人有三条罪状。齐景公高兴地催着晏婴快说是哪三条。晏婴说：'第一条罪，养马人失职，没有养好马而被杀；第二条罪，养马人使国君因马死而杀人，全国的老百姓知道了，必然会埋怨国君把马看得比人还重要，这会损害国君的声誉；第三条罪，诸侯知道了这个消息，必然会看不起齐国，降低齐国的威信。'齐景公一听，杀一个养马人会带来那么多的麻烦事，那不杀就是了。"

李世民听到这里，知道皇后是在借说故事批评自己。他想想也确有道理，于是改变了主意，释放了那个养马人，并对他信任如初。

自此以后，那个养马人更加尽心尽职地喂马，再也没有发生过差错。

杨贵妃剪发赠君

杨玉环本是寿王的妃子，只因天生丽质，进而为唐玄宗所宠爱，并被封为贵妃。

有一次，杨贵妃得罪了唐玄宗，唐玄宗一怒之下将她逐出宫去。可真的将她赶走以后，唐玄宗又于心不忍，朝思暮想，食不甘味，夜难成寝。他受人进言的启发，派人给杨贵妃送去御膳。

深谙此举含意的杨贵妃向来者哭诉说："金玉器玩都是陛下所赐，无以表达臣妾之心、之情、之意。只有这满头的青丝是父母所给，我愿以此向陛下表白我对他的一片真情。"

说完，她随手剪下一缕乌黑的秀发，让使者赠交唐玄宗。

果然，唐玄宗一见到这缕缕青丝，激动不已，马上又把杨贵妃召至身边，对她更加宠爱不舍。

杨贵妃不愧为一个聪明的女人，她深知人间的相思之苦。她更明白人去楼空、睹物思情是一种感情的折磨，于是一缕青丝便足以激发唐玄宗的全部情感，足以弥补二人感情上的裂痕。

侯敏妻子的主见

武则天当政时，太仆卿来俊臣的权势很大，朝廷的官员们都十分怨怒，而上林令侯敏却对来俊臣极尽逢迎拍马之能事。

侯敏的妻子董氏劝他说："来俊臣是个国贼，得意不了多久，一旦坏了事，他的奸党先得遭殃。你应该敬而远之。"

侯敏听了，就逐渐疏离了来俊臣。来俊臣动了气，打发他去涪州（今重庆涪陵）当武隆县令。侯敏不愿就任，想弃官回家，董氏说："只管上任，不要乞求留下。"于是侯敏就上路了。

到了涪州，他到州府递上名帖，想求见州将。但有张纸上出了一点错处，州将打开一看，大发脾气："这种文字都写不了，还有什么本事当县令？"就不让他上任。

侯敏心情非常郁闷。董氏说："只管留下，不要乞求上任。"

他们在州里停留了50天。其间贼人攻破武隆县城，杀了旧县令，还把旧县令的家也抢光了，家人也杀尽了。侯敏因为州将不准上任而得到保全。后来，来俊臣获罪被杀，他的党羽也被流放到岭南，侯敏又得以幸免。

智劝父皇的公主

唐肃宗李亨在宫中宴饮时,由女戏子们演参军戏助兴。其中有一个穿绿衣的戏子,拿着简牌,扮演参军的角色。这戏子便是藩将阿布思的妻子。阿布思被处死后,他的妻子被分配到宫中妃嫔住的地方,因为她善于演戏,而归属于乐工班子,于是就让她演参军戏了。

这时,一旁的公主向唐肃宗进谏说:"宫中会歌舞的戏子不少,为什么一定要用这个人呢?假使阿布思真的叛逆,他的妻子也和受刑的罪人一样,是不应该接近皇上的宝座的;如果阿布思是受了冤枉,父皇又怎么忍心让他的妻子和戏子们杂处,成为给人逗笑戏谑的工具呢?我虽然很愚笨,但也深感这样做不合适。"

唐肃宗听了,也很怜悯那个女戏子,于是就停了戏,而且不再让阿布思的妻子演戏了。从此,宫中的人们都很敬重公主。这位公主就是后来唐德宗的亲信大臣柳晟的母亲。

刘晏女儿的见识

礼部侍郎潘炎,在唐德宗时任翰林学士,深受皇帝恩宠,而他的妻子是大臣刘晏的女儿。

一次,京兆尹因为想拜见潘炎而不得,就贿赂看门人三百匹细绢。潘炎的夫人知道这件事后,对潘炎说:"你作为一个臣下,而京兆尹想见你一次就得给你的奴仆送三百匹绢,由此可见,这是多么危险啊!"为此,她还劝潘炎辞去官职。

潘炎的儿子潘孟阳刚当上户部侍郎时,潘炎的夫人也十分担心。她对儿子说:"以你的才能而担任侍郎的职务,我担心必然招来灾祸。"

儿子再三向她分析说明情况,于是母亲说:"你是否请你的同僚们来家里聚会,让我看看他们怎么样。"为此,潘孟阳把所有同僚都请来做客,母亲就在帘子后面观察他们。聚会结束后,母亲高兴地对儿子说:"他们的水平都跟你相同,不必为你担忧了!"

母亲又问:"坐在最边上的、穿浅绿色衣服的青年是什么人?"

孟阳回答说:"是补阙杜黄裳。"

夫人说:"这个人和其他人完全不同,将来一定是有名的卿相。"后来的事实果然如此。

谢小娥智斩强盗

唐代有个谢小娥,是豫章一个贩货行商的女儿。八岁那年,母亲去世,她被许给了历阳(今安徽和县境内)的段家。过去这两家就经常乘一条船在江湖上进行贸易。小娥14岁时,刚成婚,父亲和丈夫就遭到强盗抢劫并被杀害,两家的亲族同时都被杀尽了。小娥的头和脚也受了伤,掉到江水中漂流,后来被别的船打捞上来,经过一夜才算活过来了。因为家破人亡,小娥就到处流浪要饭。

后来,谢小娥得知她的仇人名叫申兰、申春,就发誓要找到两个强盗,以报仇雪恨。

小娥换上了男装,在江湖间为人帮工。年底时,她到了浔阳郡(今江西九江),看见招贴上写着有人要雇工,小娥就去应召。她问主人是谁,结果竟是申兰!小娥心中愤恨,表面却显得和顺。就这样,小娥在申兰左右干了两年多。申兰对小娥非常欣赏,进出的钱财没有不交小娥经手的。小娥每次看到申兰抢来的他父亲的衣物器具,总是伤心地偷偷哭泣。

申兰和申春是同一祖父的兄弟。申春家就在大江北岸的独树浦,两人往来密切,关系融洽。一天,申春带了条大鲤鱼和一坛酒来看申兰。傍晚时,强盗们全来了,一起尽兴地喝酒。等到强盗们都离开后,申春烂醉如泥地躺在里屋,申兰也趴着睡在厅堂上。小娥偷偷地把申春锁在里屋,然后抽出佩刀先砍下申兰的头,就大声呼喊起来。邻居们跑来,一看,小娥已经把申春抓起来锁在屋里,又把申兰杀死在外面的厅堂了。

当初,申兰、申春有同伙几十人,小娥暗中记下了他们的姓名,这次他们全被官府捉到并处死了。浔阳太守张公嘉许小娥的孝节,免除了她的死罪。小娥最后剃发为尼,终了一生。

李母鞭儿息事端

唐朝李景让在浙西担任观察使期间,有一次军队内部群情激愤,气氛紧张,眼看就要发生事变。

李景让一筹莫展地叹着气,坐等事态的发展。

这件事被他的母亲郑氏知道了,走出内室一看,士兵们一个个瞪着眼睛,说话粗声粗气的,憋着一肚子的怨恨。她把一个士兵找到身边,友善地和他说话。士兵看着李母十分诚恳的样子,就告诉她士兵的情绪都是对着她儿子来的。

原来,李景让性格暴戾,不懂得爱护士兵,军中都有怨言。有一位牙将当面顶撞了他,李景让竟然命令卫士用刑杖将牙将活活打死。此事激起公愤,还不知怎样收场呢。

郑氏在军中生活多年,知道一旦发生兵变,不仅儿子的生命和前程丢了,而且对国家还会带来巨大的祸患。这可怎么办呢?"事情都是自己的儿子乱打乱杀引起的,这账首先要算到李景让身上。"她拿定主意,命人将儿子叫到庭前,当着诸位将士的面大声斥责道:"皇上把浙西托付给你,你理应把这块地方治理好。可是,你却滥杀无辜,激怒将士,万一由此发生动乱,你如何对得起朝廷和浙西的老百姓呢?"

李母越说越来火,禁不住声泪俱下:"你在任上发生了如此不光彩的事,叫我如何还有脸面活下去呢?你不是想活活气死我吗?这样不忠孝的人,留着又有何用呢?"说毕,命人剥掉李景让的上衣,狠抽其背,直打得鲜血淋漓、伤痕累累。将士们看到李母这样责罚儿子，气消了大半，纷纷上前求情。

最后，李母饶了儿子，军中的不满情绪也由此平息。

杜太后拒贺教子

《宋史·后妃传》中，记载了宋太祖赵匡胤的母亲杜太后，见机行事，警诫儿子小心守成的故事。

杜太后出身名门，治家严谨，处理家事很有自己的一套办法。陈桥兵变，赵匡胤被拥立为帝时，她对左右说："我的儿子向来有大志，今天果然实现了他的抱负。"儿子做了皇帝，母亲脸上也有光彩，这自然是一件值得庆幸的事。等她被尊为皇太后，赵匡胤率群臣在殿上向她朝拜祝贺时，她却面露愁容，一脸不高兴的样子。

身旁有人劝慰她说："臣等听说，母以子为贵，现在您的儿子做了皇帝，您老人家还有什么不满意的呢？"

杜太后说："我听说做君主是很难的。天子居于万人之上，如果治国有方，才可以受到尊崇；一旦驾驭失当，就算再回头做一个普通百姓，想平平安安地过一生都办不到了。我正是为此深感忧虑。"

赵匡胤听了母亲的这番话，叩头拜谢说："我一定谨慎遵从母亲的教诲。"

杜太后不仅有非凡的见识，而且对教育儿子以及朝中大臣的时机把握得十分巧妙。在举国庆贺的时候，她的一番话无疑是一瓢冷水，足以使忘形的君臣从内心受到警醒。

慧童卷

远见卓识小芮贾

春秋时期,楚国令尹子文年纪大了,向楚王提出辞职的请求,并推举大将成得臣接替他的职务。

楚王只好同意了他的意见,由成得臣担任令尹。

满朝文武官员都涌到子文府中,参加盛大酒宴,祝贺他为国家推举了一位得力的人才。只有大夫芮吕臣因病未能出席。

酒宴正在进行,有个男孩走了进来,向大家举手致意后坐上宴席,旁若无人地大嚼起来。在座的有人知道,他是芮吕臣13岁的儿子,名叫芮贾。

子文觉得奇怪,便问芮贾:"我为国家推举了一位令尹,文武大臣都来祝贺,唯独你小子不贺,这是为什么?"

芮贾说:"大家以为可贺,我却认为该吊呢!因为照我看来,成得臣这个人虽然勇于承担重任,却缺少正确决策与当机立断的才能。他能进而不能退,只可以辅助,不能独当一面。若国家的军政大权交给他,必定坏事。你推举一人而毁了国家,也该祝贺吗?如果日后他并没有败坏国家,再来祝贺也不晚。"芮贾大笑退席,扬长而去,宴会也不欢而散。

第二天,楚王拜成得臣为元帅,领兵攻打宋国,一直打到宋国的都城睢阳。冷不防,强大的晋国发出救兵从背后杀来。楚王大惊,急忙命令成得臣撤兵。可是成得臣自以为天下无敌,不听命令,结果被晋军杀得大败,他只好拔剑自刎。

子文在家得到消息，叹息道："果然不出芳贾所料！我的见识反不如童子，怎不羞愧！"随即吐血不止而死。

13岁的芳贾被楚王封为工正，掌管楚国的百工。

子骞深情感继母

春秋时期，鲁国有个以德行和忠孝著称的人，名叫闵子骞。他是孔子的学生。下面是他小时候的故事。

有一年数九寒天，闵子骞兄弟俩跟随父亲去一位朋友家做客。一路上，飞雪扑面，寒风刺骨。闵子骞浑身战栗，嘴上不断地喊着："冷啊，好冷啊！"

他的弟弟则相反，非但不冷，额上还微微渗出汗珠。

父亲看看子骞穿的棉衣着实比小儿子的厚，就怀疑子骞在撒谎，随即扬起鞭子，狠狠地朝他背上抽去。鞭落衣破，露出了一团散乱的芦花，很快被西北风吹得飞舞起来。

父亲看见子骞的脸上挂满泪珠，伸手摸了摸他的"棉衣"，里面塞的全是不保暖的芦花。他又转身摸摸小儿子的棉衣，里面却全是严严实实的棉花。原来是后妻在虐待子骞。心想，家里出了这样的丑事，还有什么脸面去见朋友。于是，他带着两个儿子，毅然掉头回家了。

回到家里，闵父一怒之下便写了休书，要马上休弃后妻。

闵子骞见状，立即跪地哀求说："父亲，请您千万不要休弃母亲。"

闵父莫名其妙地问："这个女人如此狠心地虐待你，你为何还要为她求情？"

子骞流着泪说："现在母亲在，受虐待的只有我一个人；如果把母亲休弃了，您再娶一个继母来，这样不是我和弟弟都要受虐待吗？与其两个人都受苦，不如让我一个人受苦的好。"

听了子骞的这番话，继母被感动得失声痛哭起来。她忍不住一把抱住了子骞，声泪俱下地说："母亲对不起你呀！要是你父亲不赶我走，往后我待你和你弟弟一个样。好孩子，你相信母亲吧！"

闵父也深受感动，就放弃了休妻的主张。从此，一家人相亲相爱，继母待子骞比待亲生儿子还要好。

鲍童智辩田贵人

齐国有个姓田的权臣，拥有良田千顷、房屋百间，广有资产，单是门下食客就有数千人，随时可供他使唤、为他服务。

一天，他在家里举行隆重的祭祖典礼。

参加盛典的客人纷纷献上各种礼物。有一位客人送上一条罕见的大鱼和一只珍奇的大雁。田氏看了十分高兴，不由得感慨地说："苍天对于人类可算是太优待了啊！它不但命令土地生长出五谷供我们食用，还命令世界出产这些鱼类鸟类供我们尝鲜。啊，苍天多么仁慈和伟大啊！"

客人们听了，异口同声地奉承道："田大人妙言妙语，真是不同凡响！"

有个姓鲍的食客带着12岁的儿子也前来参加盛典。这时，那孩子忍不住站起来说道："田大人，您的说法我不敢苟同。依我看，世界上的各种物类是同我们一起产生的，人也是一种物类。凡是物类，都没有高低贵贱之分，只是因为智力和力量的不同，因而产生相互制约、迭相食用的现象，这并不是苍天有意安排的。我们人类无非是索取可吃的物类来享用，难道这些东西是苍天有心为我们生产出来的吗？"

田氏倒也气度恢宏，他宽容地对鲍家孩子说："你说得有点道理，可是我要请教一点：如果这大鱼和大雁不是苍天有意为人类制造的，为什么它们的味道这么鲜美呢？"

鲍家小孩站起来，从容地答道："田大人，蚊子叮人吸血，吃得津津有味；虎狼撕咬人肉，也吃得津津有味。难道这也是苍天有意为它们享用美味而安排的吗？按照您的逻辑，苍天生出我们这些人类，原来都是给蚊子和虎狼做美食的啊！"

客人们不禁轰然大笑。

田氏满面笑容，向鲍家小孩敬了一杯酒，欣慰地说："想不到我家食客门下竟有此聪颖过人的孩子。哎，要做到不埋没天下任何一个人才，是很不容易的啊！"

孟尝君巧辩难父

田婴是齐威王的小儿子，曾在齐国当宰相。他有个儿子叫田文，是五月初五生的。田婴认为这个出生日子很不吉利，就对田文的母亲说："扔了！不要养他！"但田文的母亲还是偷偷地将他养大了。

一天，田婴看见田文，就大骂妻子："谁让你养大他的？"

田文的母亲吓得不敢讲话。

田文向父亲叩头后问："父亲大人，您为什么不让养五月初五出生的孩子？"

田婴说："五月初五出生的孩子，会长到大门那么高，将来对我们父母不利。"

田文问父亲："人的命运是由天支配的呢，还是由大门支配的？"

"这……这……"父亲被问住了。

田文又接着说："人的命运，如果由天支配的话，父亲何必忧愁呢？如果由大门支配的话，可以把大门开高些，谁能长得那么高呢？"

过了些日子，田文问父亲："儿子的儿子，叫什么？"

田婴答："孙子。"

"孙子的孙子叫什么？"

"玄孙。"

田文追问："玄孙的孙子又叫什么？"

田婴答："这我就不知道了。"

田文紧接着说:"您在齐国受到重视,当了宰相,历经三位君王,齐国的疆域并没有扩大,但是您私人的财富却积累了万金,幕僚之中一个贤人都没有。您后宫的人身穿绉纱细绫,可是一般才士连粗服也穿不上;您的仆妾有剩余的饭粱肉食,而一般才士竟连糟糠都吃不饱。现在您还尽力地积蓄贮藏,想把它留给您方才所说的那不知道的孙子、玄孙和玄孙的孙子,却忘掉国家的政事一天比一天地败坏了,我真觉得好奇怪呢。"

田婴听了,觉得儿子十分明事理,将来一定是有用之才,从此之后开始喜欢他了。后来,田婴派他主持家事,接待宾客,田文的名声也逐渐传开了。田婴死后,田文继承父亲的爵位做了薛公,他就是孟尝君。

甘罗十二岁出使

战国时期,秦王派遣大臣蔡泽去燕国拆散燕国和赵国的联盟。燕王听信蔡泽的话,叫太子丹去秦国做人质,又请秦王派一个大臣来燕国当相国。

秦相吕不韦派张唐到燕国去。张唐说:"我曾经为昭王攻打过赵国,赵国悬赏说:'能抓到张唐,赏赐一百里地。'现在去燕国一定要经过赵国,我不能去。"

吕不韦闷闷不乐地回到家。门下有个12岁的孩子,名叫甘罗,他是甘茂的孙子。听说这件事以后,甘罗就对吕不韦说:"让我去说服他,叫他去赵国。"

吕不韦大声斥责道:"走开!我亲自请他,他都不肯去,难道他会听小孩子的话?"

甘罗不服气地说:"从前项橐7岁就当孔子的老师,现在我已经12岁了,我要是请不动他,您再骂我也不晚哪!"

吕不韦说:"那么,你就去试试吧。"

甘罗见了张唐就问:"将军的功劳与武安君白起比谁大?"

张唐说:"武安君南边打败了强大的楚国,北边打败了燕国和赵国,每战必胜,每攻必克,不知打了多少回胜仗,夺取了多少座城池,我哪儿比得上他呢？"

甘罗又问："那么吕相的权力跟范雎的权力比起来，哪个大呢？"

张唐说："当然是吕相的权力大。"

甘罗说："当年范雎要攻打赵国，武安君不愿意去，结果他离开咸阳七里就死在了杜邮。现在，吕相亲自请您上燕国当相国，将军却坚决不干，我还不知您将死在什么地方呢！"

张唐听了，慌忙叫人整理行装，准备出发。

甘罗回去对吕不韦说："张唐已准备出发去燕国了，可他还有点怕赵国，请丞相借给我五辆车子，让我上赵国替他疏通疏通。"

不几天，甘罗就到了赵国。赵襄王亲自到城外迎接秦国派来的外交官。

甘罗问："燕太子丹上秦国做人质，大王知道吗？"

赵王说："知道。"

甘罗又问："张唐去燕国当相国，大王知道吗？"

赵王说："也听说了。"

甘罗说："大王既然都听说了，就应当明白贵国所处的地位。燕太子丹到秦国做人质，是燕国对秦国信任的表现；张唐去燕国当相国，是秦国对燕国放心的标志。秦燕两国友好，就是为了夹击贵国，以扩展我国河间一带的地方。您还不如将靠近河间的五座城割让给秦国，我回去求求秦王，不让张唐去燕国，并送还燕太子丹，跟他们断绝友好关系，咱们两国结成友好邻邦。如此强大的赵国去收拾那样弱小的燕国，您所得到的哪里仅仅是失去的五座城呢？"

赵王立即就割让五座城给秦国。于是，秦国送回了燕太子丹。后来赵国攻打燕国，取得了上谷一带的三十座城池，并把其中的十一座让给了秦国。秦国不费一兵一卒，仅借甘罗的口舌之功，就轻易得到了十六座城。不久，秦王封12岁的甘罗为上卿。

汉武帝少年判案

汉景帝在位年间，京城里发生了一桩儿子杀继母的大案：有一个名叫防年的少年，母亲病故后，父亲又娶了继母。这妇人姓陈，凶悍妒忌。一天，防年的父亲在房里读书，读到古诗里描写一位美女，多情而且贤慧，就无意中说了一句爱慕的话："娶妻倘能如此，真是三生有幸呵！"不料被这妇人听到了，她竟然拿起裁衣剪刀，猛地朝丈夫头上戳去，当场把他杀死。防年赶来，夺过凶器，怒不可遏，也把那妇人当即刺死。

这件大案上报到汉景帝那儿，汉景帝觉得很为难：一为杀夫，一为弑母，均属死罪；然而子报父仇，似乎又当别论。

这时，汉景帝 12 岁的儿子刘彻侍立一旁，启奏道："陈姓妇人到了夫家，成了丈夫前妻的孩子的继母，那是从她与丈夫的关系这一点上来论定的；现在，这个姓陈的妇人下毒手杀害了丈夫，这时哪里还有一点夫妇的伦理关系？既然陈姓妇人与丈夫没有了夫妇关系，那么，防年与她也就自然断绝了母子关系。防年之举完全是为父报仇，也就谈不上什么大逆不道的罪名了。"汉景帝大喜道："对，防年无罪！"

后来，刘彻继承了汉景帝的皇位，这就是历史上著名的汉武帝。

汉昭帝识破骗局

汉昭帝继位时只有 8 岁，根据汉武帝的遗诏，由大将军霍光摄政，辅佐幼主。由于国家事务都由霍光决定，因此他也得罪了一些大臣，如上官桀、桑弘羊等人。

上官杰等人为了搞垮霍光，就伪造了一封燕王旦的书信，找人送到朝廷。信中给霍光捏造了私调羽林军，调选自己府第的校尉、独断专行、图谋政变夺位等罪名。桑弘羊乘机煽动罢免霍光。可汉昭帝对此一概不相信、不接受。

第二天早朝，霍光听到这事，便停留在画室中不愿上朝。昭帝不见霍光，便问："大将军在哪里？"

上官杰乘机说："因燕王告他，不敢上朝。"

汉昭帝就下令霍光上朝。霍光不得已，只得上朝。刚入朝堂，他就摘下帽子，顿首谢罪。

汉昭帝说："请大将军戴上帽子，我已知此信是假的，大将军无罪。"

霍光很是惊诧，忙问："陛下是怎么知道的？"

汉昭帝说："演习羽林军，这属于大将军的职责范围。调选校尉这事还不到十天，处在远方的燕王如何能知？再说了，大将军若搞政变，也用不着调动校尉吧。"

当时，汉昭帝仅14岁，他准确的判断使满朝文武百官大为赞叹，而那个上书的人闻讯逃跑了。

张汤设堂审老鼠

西汉大臣张汤，杜陵（今陕西西安）人。父亲为长安县丞，他从小跟随父亲住在官舍里，经常观看县衙审理案件。有一次，父亲出远门回来，发现猪肉被老鼠偷走了，大发脾气，将张汤狠狠地揍了一顿。张汤恨透了老鼠，便想方设法找老鼠算账。

张汤刨遍屋内的鼠洞，发现一个鼠洞内还有吃剩的猪肉，便将老鼠一只只捆绑起来。他像个老练的公差，先数落一阵子老鼠的罪状，再在屋子里设下公堂，摆下记录供词的文案，将老鼠押解到公堂上，将罪证——老鼠吃剩的猪肉摆在一旁，一本正经地审理起这桩老鼠盗肉案来。老鼠自然不能回答。张汤就用木片将老鼠夹住，动起刑法来。老鼠痛得吱吱乱叫。最后，他写出判决书，当堂宣布了老鼠的罪状，动用了当时最残酷的刑罚——磔，将老鼠肢解而死。

父亲一直在窗外看着儿子审判老鼠,觉得很可笑。哪知一看文案,不禁大吃一惊,居然像是办案老手写的法律文书。于是,父亲便专门教他法令和办案断狱的方法。张汤很用功,后来竟成为朝廷不可多得的司法专家。汉武帝时,张汤被拜为太中大夫。他管理监狱、审理案件非常严苛。后来官至御史大夫。

彭修拒盗救父亲

汉朝的时候,浙江绍兴附近有个15岁孩子,名叫彭修,字子阳。他的父亲在当地做事,休假的时候,他便同父亲一道回家,不料路上遇到了一伙强盗。

彭修见情势危急,乘强盗不备,一把拔出佩刀,揪住强盗头子说:"父亲受辱,儿子就得拼命,难道你不怕死吗?"

强盗们见状,大为吃惊,不得不说:"这孩子是条好汉,我们不要把他逼急了,走吧。"于是丢下他们父子匆匆离去。

张衡发明浑天仪

张衡是我国古代著名的科学家。他出生于东汉时期南阳郡的一个官僚家庭,但在小时候父亲就去世了,家境贫穷。清苦的生活,激发了小张衡刻苦求学的精神。

张衡10岁时,已经熟读四书五经,也能写出一手好文章。不过,少年张衡却最喜爱自然科学。

一天,张衡从一本诗集中读到四句诗,描述了北斗星在四个季节傍晚时的变化:"斗柄东指,天下皆春;斗柄南指,天下皆夏;斗柄西指,天下皆秋;斗柄北指,天下皆冬。"这引起了他极大的兴趣。他便把诗句抄下来,还画成图。每当繁星闪烁的夜晚,他就在院子里仰望着星空,对照着古书中关于气象的记载和自己画的图,仔细观察和琢磨,思索着各种各样有趣的问题:天上的星星为什么不会掉下来？天上究竟有多少星星？他竟然天真而又细心地数起来："一、二、三、四……"

张衡不断地仰望星空，不住地数着星星，经过长时间的实际观察，终于得出了比较精确的数字。他记载的中原地区看到的星星数——二千五百颗，与现代科学论证是相符的。

然而，书本上的内容和家乡的生活毕竟还是有局限的，张衡稍大时，就外出访师求学。他先到西京长安，又到东京洛阳，遍游名胜古迹，考察世态人情，广交文人学者。这使得他在科学的各个领域都打下了扎实的基础，成了当时有名的少年学者。

有志者，事竟成，张衡终于发明了世界上第一架利用水力转动、较准确地测定天象的浑天仪。浑天仪制成后，他用以反复测定天象，第一次正确地解释了月食的成因。

后来，张衡还制成了世界上第一个可以测定地震方向的地动仪和观测气象的候风仪。

华佗拜师解难题

东汉末年的一天，七岁的华佗到一位姓蔡的医生家去拜师。行过见面礼后，华佗规规矩矩地坐在那里静听老师的吩咐。

蔡医生医术高明，前来拜师的人很多，他觉得应该收那些智力强的孩子为徒。他指着家门口的一棵桑树对华佗说："你瞧，这棵桑树的最高枝条上的叶子，人够不着，你说怎么采下桑叶来？"

华佗说："用梯子罢！"

蔡医生说："我家没梯子。"

"那我就爬上去采。"

"不，我想让你用别的办法。"

华佗在屋里找了根绳子，又在绳子的一头系上石块，往那最高的树枝上一抛，那根树枝就被压了下来。华佗一伸手就把桑叶采下来了。

蔡医生高兴地点点头说："很好，很好。"

过了一会儿，庭院里有两只山羊在打架，几个孩子去劝，可怎么也拉不开。蔡医生又对华佗说："你去想办法叫那两只羊不要打架吧。"

华佗在桑树下转了一圈，弯腰去拔了一把绿油油的草，把草送到两只羊面前。两只羊打累了，肚子也饿了，见了草，也就顾不得打架啦。

蔡医生对华佗说："你真会动脑子，我很高兴当你的老师。"这个华佗，后来成了中国历史上著名的神医。就是现在，对于那些医术精湛的医生，大家都是称他们是"华佗再世"呢。

郑玄壮志成大家

汉顺帝时期，有个孩子叫郑玄。八岁时，对于多位数的乘除法，只要谁讲出两个数字，他都能不假思索地随口报出答数，一点不错。

一年岁末，郑玄来到外婆家参加腊月祭神活动。那天，外婆家热闹非凡：香案上红烛高燃，香烟袅袅，祭品摆满一桌；前来参加祭祀的大小客人，都穿上了华丽的服装。中午的宴席上，一些少年客人几杯酒下肚，就肆无忌惮地高谈阔论起来，有的背诵自己的诗作，有的抨击别人的文章。只有郑玄坐在一边，默默无语，好像什么也不懂、什么也插不上嘴似的。

母亲坐在郑玄旁边，见他这样闷头坐着，好像低人一等，就悄悄地对儿子说："你为什么不声不响呢？把你算术上的才能讲一点给他们听听，也好让他们刮目相看啊！"

郑玄低声对母亲说："夸夸其谈，炫耀自己，这并不是我的志向。与这样的人为伍，我感到是一种耻辱！请母亲不要为难我。"

由于郑玄专心向学，不受庸俗世风的影响，终于成为汉代著名的大经学家和教育家，后人把他的学说尊称为"郑学"。

徐孺子中秋说月

徐稚，字孺子，东汉豫章人。他才识出众，汉桓帝时曾多次征召他出来做官，他因不满宦官专权而坚决推辞了，被尊称为"南州高士"。

徐孺子自幼善于思考，具有超乎寻常的智力和思辨能力。他喜欢与小伙伴争辩问题，往往争得面红耳赤，每次总是胜辩。9岁那年的中秋之夜，玉盘似的月亮挂在天上，一泻如水的月光下，一群天真烂漫的孩子在游戏。唯独徐孺子坐在池塘边，听着悦耳的蛙鸣，望着池中碎银般的月光出神。

一个孩子跑过来问徐孺子："你在看什么呢？"

"你瞧，这水中的月光多美呀！"

那孩子抬头望着天空皎洁的明月，对徐孺子说："要是月亮里没有那些黑糊糊的东西该多好啊！"

"为什么呢？"

"那样不是更明亮吗？"

徐孺认真地说："不对吧，月亮正因为有东西才能反射太阳的光辉，发出亮光，不然它一定是不亮的。这就好比我们人的眼睛一样，眼睛里有瞳仁，才会明亮，才有光彩。要是没有瞳仁，它一定不亮，也就成了瞎子。"

那个孩子听了他的论说，非常佩服。

杜安的远见卓识

东汉时的杜安，从小很有志气，13岁就进了太学，人们说他是"奇童"。

京城里的一些皇亲国戚仰慕他的名声，有的为了跟他拉关系，就赠送他一些书画。杜安收到这些东西从不打开，统统收藏在夹壁之内。

后来，由于政治上的相互倾轧，一些皇亲国戚垮台了，被追捕法办。当事情牵涉到杜安时，杜安叫人打开夹壁，取出那些收藏的书画，让人查看。

来人一看，所有书画都原封未动。这证明杜安和那些送书画的人只是一般交往，所以也不应该受到株连。当时的人都认为杜安这孩子确实有远见卓识。

孔融奇辩胜大官

孔融在10岁时，跟随父亲到了洛阳。当时，洛阳有个大名鼎鼎的人物叫李元礼，官至司隶校尉。因为他多才多艺，道德高尚，被誉为"天下楷模"。人若能得到他的教诲，便被称为"登龙门"。当时，尽管拜访他的人络绎不绝，但是只有才华出众的社会名流和他家的亲戚，守门人才给通报。孔融几次央求父亲带他去见见李元礼，父亲生怕他不懂事，得罪人家，所以不肯答应。

这一天，孔融瞒着父亲一个人来到李家的门口，冲着守门人行了个礼，脆生生地说："我是李大人的亲戚，让我进去。"

守门人见他长得乖模乖样、通情识礼，是个书香人家子弟，就进去通报李元礼。

孔融被请进客厅，李元礼觉得他面生，就问道："你和我是什么亲戚呀？"

孔融答道："说来话长，过去我的祖先孔子和您的祖先老子（李聃）有师生关系，因此我和您自应是老世交了。"

见这个孩子这么从容不迫、能说会道，在座的宾客没有不感到惊奇的。李元礼更是赞叹不已："好口才，真是个神童啊！"

这时，看门人通报：太中大夫陈韪到。

陈韪大摇大摆地来到客厅，听见大家正在赞扬一个不知名的孩子，就好奇地问是怎么回事。人们把孔融的话告诉他。陈韪不以为然地说："小时候聪明伶俐，长大了不一定有什么出息。"

大家都觉得他说话很粗鲁，但又不好回驳他。堂上一阵沉默。

孔融不慌不忙地回敬道:"我想,陈大人在小时候一定是很聪明伶俐的吧。"

陈韪想:这不是用我的话来治我吗?——说我小时候聪明,不就是说我现在是个没出息的笨蛋吗?不由得脸色通红。

大家见陈韪竟败在一个小孩手里,心中不由得暗笑起来。

诸葛亮巧对老师

传说诸葛亮小时候,由父亲带去拜水镜先生为师。

水镜先生对诸葛亮说:"我出三个题目,答对了就收下你。"接着出了一个哑题:他屈起食指,伸到诸葛亮面前,又点了点。

诸葛亮向水镜先生深深一鞠躬,又后退三步,站在一边解释道:"你要我做首屈一指的大官,我当鞠躬尽瘁,死而后已。"

先生坐在蒲团上说:"我出的第二个题目是,要你想办法使我离开这座位。"

诸葛亮走到墙角,顺手拿了一根竹竿,就要捅房上的瓦。

先生连忙起来阻止说:"不要捅漏了房子!"

诸葛亮笑了:"先生坐地,我想通天,先生不是离开座位了吗?"

先生稳坐在椅子上说:"你能使我寸步难行吗?"

诸葛亮手指先生说:"你这老匹夫,分明没有本事,在此胡扯!"先生气得脸色发紫,诸葛亮却摘下他的帽子,扔到房顶上。先生气急了,只好脱了鞋蹲在诸葛亮父亲的肩上去拿帽子。这时,诸葛亮抓起先生的鞋子藏了起来。先生拿到了帽子,却找不到鞋子。诸葛亮说:"这回您是寸步难行啦!"

水镜先生哈哈大笑,说:"好聪明的孩子,我收下你啦!"

三年后的一天早上,水镜先生对弟子们说:"我出一道考题:从现在起到午时三刻止,谁能得到我的允许走出水镜庄,谁就出师。"

弟子们急了,有的大呼:"庄外失火!"有的谎报:"家里死了人,得赶紧回去!"水镜先生概不理睬。只有诸葛亮早伏在书桌上睡着了,鼾声大作,搅得考场不得安宁。水镜先生很生气。

午时三刻快到了,诸葛亮一觉醒来,听说先生出了这么个考题,一把拉住先生的衣襟哭道:"先生这么刁钻,尽出歪题害我们,我不当你的弟子了,还我三年学费,快还我三年学费!"

水镜先生是天下名士,谁不尊敬?现在见诸葛亮这么辱骂自己,气得浑身发抖,喝令他滚出水镜庄。诸葛亮哪里肯走,水镜先生命几个弟子把他赶出庄去。

诸葛亮一出庄子,便哈哈大笑起来。他在路旁拾了根棍子,跑回水镜庄,跪在先生面前,双手捧上棍子说:"刚才为了应付考试,万不得已冲撞恩师,弟子愿受责罚。"

水镜先生猛然醒悟,转怒为喜,扶起诸葛亮说:"看来,青出于蓝而胜于蓝,你真的可以出师了。"

崔瑗门上留佳诗

东汉著名文人崔瑗,涿郡安平(今河北安平)人。他学通天文、历数,就连张衡也曾向他学习过天文历法呢。

崔瑗从小聪明伶俐、气质高雅。由于受到良好的家庭环境的影响,小崔瑗志向高远,喜好读书。四书五经、诸子百家,只要有书他就尽情去读;礼、乐、射、御、书、数,他总是努力去学"君子六艺"。他有一个梦想:要集百家于一身,会众艺于一人。

有一天,风和日丽,春光融融,崔瑗住所前面的路上前呼后拥地来了一队人马。其中一人骑着一匹栗色高马,白面文静,举止不俗,声言要来拜访崔骃。崔骃就是崔瑗的父亲,九岁的崔瑗听人说,这就是当今县令,为官廉洁正直,颇受人们的敬重。小崔瑗忽发灵感,胸中酝酿了一首诗,于是随手写在大门上:

人虽干木,君非文侯。

何为光光,入我闾里。

意思是说，我们这偏僻的地方并不是古代的魏国，也没有隐居魏国的高士干木，而这位远道而来的谦谦君子也并不是曾拜干木为师的魏文侯，他为什么要摆着架势来到我们这穷街陋巷呢？

县令拜访完毕，正要告辞，忽然看到门上的诗句，见那字写得端庄秀丽，心中顿生喜爱之情；但是再看那诗句的内容，又感到对他有隐微的讥讽。崔瑗被叫来了，县令一看是个眉清目秀的孩子，就说："你还能再接写几句吗？"只见崔瑗提起笔来一挥而就：

君使臣以礼，臣事君以忠。

县令见他小小年纪就知识渊博，懂得那么多典故，且又思维敏捷、出口成章，情不自禁地说："真是奇才啊！"

荀攸心细察凶犯

东汉智士荀攸，十三岁时祖父去世。这时，祖父的故吏张权跑来吊丧，掩面哭号，还一再说，为了报答太守的恩德，他要为太守长守坟墓。处于极度悲痛中的荀家人都为之感动，准备答应他的请求。

荀攸敏锐地觉察到此人行为反常。他想，没听说祖父生前与此人有深交，更谈不上对他有大恩。非自己的尊亲而又无深交和恩惠，却要求为之守墓，这是不合于人之常情的。

荀攸既生疑心，就更细心观察，发觉此人对死者之悲情不由衷，对死者之爱言过其实；言辞躲闪，心有所隐；面带惊忧，必有所惧。于是悄悄对叔父说："此人神色特别，所求反常，大概有作奸犯科之事。"一句话提醒了叔父，他忙叫过张权，进行盘察。

张权做贼心虚，以为露了马脚，事情败露，就供认犯了杀人罪，逃亡在外，欲以守墓为名，暂避于此，以逃脱官府的追捕。

苍舒逗山鸡跳舞

东汉末年的一天，南方有个少数民族首领派人送给丞相曹操一只名贵的山鸡。

那山鸡浑身长着艳丽的羽毛，五彩斑斓，昂首挺胸，显得十分威武。

曹操见了大喜，走上前去用手指逗弄。山鸡只是轻轻地咯咯叫了两声，依然昂首挺胸。

曹操觉得有些遗憾：山鸡虽然很美丽，却过分呆板。他便对左右说："谁能叫这只山鸡跳舞，我重重有赏。"

左右听了，无不跃跃欲试。有的到山鸡面前挤眉弄眼；有的在山鸡面前放声高歌；有的干脆抱着山鸡兜起圈来；有的竟跪在山鸡面前，磕头像捣蒜一般……谁知办法都使尽了，那山鸡还是不动声色。

曹操见状，又急又恼，忍不住脱口骂道："一帮蠢货！"

有个姓苍的官员急忙趋前说："丞相，我的孩子苍舒人很机灵，常常逗弄动物，叫他来保证一逗就灵。"

曹操便问："他有几岁了？"

"七岁。"

曹操沉吟了一下，对那官员说："谅你也不敢诳我，就传苍舒来试一试吧。"

苍舒奉命来到相府，那双滴溜滚圆的眼睛在山鸡身上扫来扫去，过了一会儿，便说："请拿面大镜子来。"

一面比人还高的大镜子给扛来了。

苍舒让人把镜子竖在山鸡面前。

说来也怪，那山鸡竟有灵性，见到镜子里有一只美艳绝伦的山鸡，忍不住妒心大发，便像孔雀开屏似的张开彩色的翅膀，蹦蹦跳跳地舞蹈起来。它的本意是想借此压过镜子里的山鸡，不料后者也不买账，竟跟它对着干；结果惹得它越发疯狂地跳着，叫着，舞着……

镜内镜外的一对山鸡跳起了节奏极快的"双鸡舞"。

曹操和左右忍不住哈哈大笑。

曹操连声夸赞苍舒，重重地奖赏了他。

吴祐止父抄经书

东汉有个叫吴祐的名士，少年时就能洞察世事，又通晓历史，对官场中尔虞我诈、相互倾轧的人事关系有深刻的了解，常常为当官的父亲筹划计谋，使父亲安然地避免了祸患。

有一年，吴祐的父亲吴恢奉旨远赴南海郡担任太守，当时只有十二岁的吴祐也随同前去。

上任一些日子后，吴恢认为自己治理南海很有政绩，就要一边记载在册，一边抄写经书。吴祐知道了，便急忙劝阻："父亲，万万不可。"

吴恢听到很是恼火，厉声责问道："你懂个啥？"

吴祐从容地问道："父亲，您不远千里，不辞辛劳，翻越五岭，来到这濒临南海的蛮荒之地，您知道其间的利害关系吗？"

吴恢听到儿子出口不凡，言辞凿凿，语气不免和缓了，惊疑地说："你说这话是什么意思？"

吴祐解释道："据我观察和调查，南海郡百姓所受文化教育很少，风俗鄙陋，人情险恶，这是一个很难治理的地方啊。朝廷并不相信您短短时间就有治理的政绩，而是怀疑您是否贪污了许多财宝；那些权贵显要人物并不会赞扬您治理的政绩，而是日夜盼望您能向他们贡献一些稀世珍宝，因为这里本是盛产黄金、宝石的地方啊。"

吴恢觉得儿子有些杞人忧天，便说："我可以不记政绩，但与我抄写经书又有什么关系呢？"

吴祐笑道:"大有关系,如若处理不当,可能有杀身之祸呢!"

吴恢说:"你这是危言耸听!"

吴祐说:"父亲,就算把六经抄写一遍,您估计要几辆马车才装载得下?"

吴恢说:"抄在竹片上,那需要两辆。"

吴祐笑道:"好,两辆马车运回京城,人们会怎样看这件事呢?"

吴恢不以为然地说:"不过是两车经书嘛!"

吴祐严肃地说:"恐怕没有这么简单吧!过去马援将军曾经把南方的薏苡果带回一车,原先是准备做种子,在北方推广种植,不料却被别人误认为是珍宝。他死后还遭人揭发,蒙受了不白之冤。王阳平时喜欢驾驭精美的车马,穿戴华贵的衣服到处炫耀,结果引起别人的妒忌,以致纷纷传说他捞取了不少黄金,害得他有口难辩。这种遭人怀疑、嫉恨和陷害的事,是古时候的先贤时刻保持警惕的呀!"

吴恢恍然大悟,立即打消了抄经书的计划。他抚摸着儿子的头说:"好啊,我们吴家也出了一个像古代谦让豁达的季札一样的贤人了。"

曹冲机智救库吏

东汉末年,丞相曹操为了稳定社会秩序,制定了许多严刑苛法。属下稍有过失,就会挨重罚。

一天,库吏发觉收藏在仓库里的曹操心爱的马鞍被老鼠咬坏了,顿时吓得面如土色,心想:这下可完啦,丞相如若追究起来,我是必死无疑了。

想到这里,他就去找了一根长绳子,把自己捆绑起来。去曹操那里负荆请罪,希望得到从宽处理。

路上,他碰到了曹操的小儿子曹冲。

曹冲见状,奇怪地问:"您这是干啥呀?"

"我工作失职,丞相的马鞍让老鼠咬坏了。"

曹冲想了一想，连忙帮他解开了绳索，劝告道："您别焦急，我自有办法。"

于是，曹冲去找了一把小刀，将自己穿的衣服戳了许多小洞洞，活像被老鼠咬坏的一样。完事后，他便装成一副忧心忡忡的样子去见曹操，满腹心事地说："父亲，您看，我的衣服被老鼠咬成这样。听说，老鼠咬坏了衣服，主人一定凶多吉少。"

曹操听了哈哈大笑，摸了摸儿子的头，劝慰道："你别听人瞎说，没那回事，这是迷信！"

就在这时，库吏将自己捆绑了前来请罪。

曹操见状，诧异地问道："你这是干啥啊？"

库吏红着脸，结结巴巴地说："微臣工作失职，您的马鞍被老鼠咬坏啦。"

曹操正要发怒，一转眼看见站在身边的小儿子，便哈哈大笑道："孩子的衣服放在床头都被老鼠咬坏了，马鞍挂在库房里，哪有不被咬坏的道理？算了，算了。"

说着，曹操便让左右替库吏解开了绳索。

库吏跪谢了曹操，后来又到曹冲那儿千恩万谢了一番。

诸葛恪歪答歪问

一天，一只白头翁停歇在殿前，孙权问："这是什么鸟？"

诸葛恪回答说："此鸟人称白头翁。"

张昭年纪最大，以为诸葛恪在拿鸟取笑他，便挑拨说："诸葛恪欺罔陛下，没听说过有鸟叫白头翁的，如果有的话，你能找出白头母吗？"

诸葛恪答道："有一种鸟叫鹦母，请你找出鹦父吧！"张昭无言可答。

白头翁只是鸟的名称，并不代表性别，诸葛恪歪答对歪问，回敬自然，简洁有力。

孙亮辨蜜中鼠屎

孙亮是三国时吴国国君孙权的小儿子。孙权死时，他只有10岁，就做了国君。一天，园丁向国君献上一筐青梅，孙亮刚想吃，想到宫中仓库里有蜂蜜，就叫太监去取。那太监知道宫廷里收藏的蜂蜜味道特别好，也曾经向掌管内库的官吏讨要，都遭到那官吏的拒绝，便一直怀恨在心，总想找个机会报复一下。这回机会来了，他把蜂蜜领出内库后，便在蜂蜜里放了几颗老鼠屎。

太监献上蜂蜜后，孙亮把青梅在蜜中浸一下，刚要吃，猛然发现蜜中有老鼠屎。他气愤地下令把管理仓库的官吏押来。

孙亮质问道："你专职管理仓库，蜂蜜里却有老鼠屎，知道这是什么罪吗？"

那官吏知道这是渎职罪，轻则丢官，重则坐牢。但他一直小心翼翼，存放蜂蜜时先检查有没有杂质，检查后才装进干净的坛子里密封起来，绝对不可能有老鼠屎的。他连连叩头，反复申诉，高喊冤枉。

孙亮沉思了一会儿，问："太监向你要过蜜吗？"

小官吏说："他私自向我讨过多次，我没敢给。"

太监大声嚷道："胡说，我从来没有私自向他要过。"

这时，站在孙亮身边的几个大臣说："他们的供词不一样，应当把他们送到监察司审问。"

孙亮摆摆手说："不用，这事很容易弄清楚。"说罢，他拿出小刀，亲自把老鼠屎剖开。

孙亮仔细检查剖成两半的老鼠屎，然后对身旁的大臣说："你们看，如果老鼠屎早就放在蜜里，那么应该里外都是湿的。但这颗老鼠屎只是湿了点外表，里面都是干燥的，说明是刚放进蜜中不久。这说明是太监领出蜂蜜后放进去的！"

太监这时"扑通"一声跪倒在地，连连叩头，承认是自己陷害管仓库的官吏。在场的人都对少年国君的睿智感到十分震惊。

太子孙登比弹丸

三国时，吴国君主孙权的长子——太子孙登，有一次骑马外出，忽然有个弹丸从他身边擦过。孙登的随从立即在附近搜查打弹丸的人。

正好有个人背着弹弓带着弹丸从附近经过，随从们便认为是这个人刚才用弹丸袭击孙登，就一拥而上，对他拳打脚踢。可是这个人一直极力否认。随从们正要再下重手，孙登过来制止了他们，让他们去找那个飞过来的弹丸。

弹丸找到了，孙登拿来和那个人所带的弹丸一对比，明显不一样，就释放了那个人。

张俨做客赋犬诗

张俨，字子节，三国时吴国吴郡（今江苏苏州）人，少有才名。有一次，小张俨到骠骑将军朱据家做客。朱据早已耳闻小家伙文才不凡，想亲自考考他，就对他说："今天小才子光临寒舍，机会难得，我想请你赋诗一首，再入座饮酒，不知意下如何？"

张俨爽快地说："行，就请将军出题吧。"

朱据沉吟片刻，说："就以你到我家看到的任何一件事物为内容，自己命题，自己作诗。"

忽然，一只狗从厨房里跑过来，嘴里还衔着一根骨头，龇牙咧嘴，唯恐伙伴们抢走似的。张俨灵机一动，对将军说："就写这只狗吧，题目就是《赋犬》。"

"行，请读出来吧！"

"守则有威，出则有获……"张俨脱口而出。

"很好，基本上抓住了狗的特点和习性，果然名不虚传。"将军连连喝彩。

陆绩少时议国事

陆绩，三国时吴国吴郡人。他精通天文、历算，曾经绘《浑天图》，注释过《易经》，撰写了《太玄经注》等。

陆绩的父亲陆康，东汉时曾任庐江太守。一天，孙策、张昭和秦松等人在一起议论国事，不足十三岁的陆绩在一旁玩耍。只听大人们说，现在天下大乱，英雄豪杰蜂起，谁有武装就是英雄。因此，要想统一天下，就需要广招兵马，用武力征伐。

陆绩听到如此议论，就大声说："春秋时齐桓公以管仲为相，九合诸侯，一匡天下，根本就不用武力。孔子早就说过，远方的国家如果不归降顺服，就进一步用仁义礼乐教化他们。"

张昭故意说："齐桓公、孔夫子都是古代圣人，可你还是黄发小童，怎么能与之相提并论？"

陆绩说："我虽然是个小孩，不懂得什么，可是我听你们没有一个人提到道德教化和安抚百姓，却大谈战争和武力征伐，这与圣人的主张和做法背道而驰，我认为是很不合适的。"

陆绩的话虽然不合时宜，但小小年纪却能纵论国家大事，确属难能可贵。因此，孙策等评价说，这个小孩将来一定是个杰出的人才。

后来，陆绩果然成长为一位博学多识的人物，被孙权任命为奏曹掾，官至郁林太守。陆绩也是二十四孝故事中《怀橘遗亲》的主人公。

民间卷

治化道人去蝇计

东汉末年,有个广陵太守的夫人,一天发现茶杯里有只苍蝇,就疑心自己肚子里也喝进了苍蝇,越想越怀疑,于是整天吃不下饭、睡不好觉,渐渐消瘦了。她请了一些名医,都说如果真的吃了苍蝇,当时就会呕吐出来,根本不会留在肚子里,连一剂药都不用吃。

这时,西山琼林寺来了个治化道人,只用了一剂药,夫人便真的吐出一只死苍蝇来,从此病体痊愈。

其实,治化道人诊断后,知道夫人确实没病,只是误认为喝了苍蝇便忧心忡忡。道人给她吃了一剂呕吐药,事先嘱咐她的贴身侍女,在她吐出来的东西里偷偷放了一只死苍蝇,让她亲眼看到苍蝇已吐出来了,从而解除了她的疑虑,她的心病也就好了。

藏王使臣禄东赞

唐朝时,吐蕃王松赞干布听说大唐有个文成公主,又漂亮,又能干,就派大臣禄东赞去求婚。这时,印度、波斯等好多国家也派了使臣前来求婚。

唐朝皇帝决定让求婚的使臣们比赛智慧,说:"哪个最聪明,就把公主许配到你们那里去。"

首先，皇帝叫人牵来100匹马驹、100匹母马，叫使臣们找出哪匹驹是哪匹母马生的。别的使臣都把毛色相同的分在一起，以为白色的马驹是白色的母马生的，黑色的马驹是黑色的母马生的，黄色的马驹是黄色的母马生的。结果都错了。禄东赞是这样分的：他先把马驹和母马分开关起来，隔了一夜才把母马一匹匹地放到马驹中去。马驹一见自己的妈妈来了，忙扑上去吃奶，就这么一匹匹地放，一匹匹地找，不一会儿全分出来了。

皇帝又出了一道难题：叫人扛来一根两头削得一样粗细、一样光滑的檀香木，问使臣们哪头是根、哪头是梢。使臣们你望望我，我望望你，谁也答不出来。只有禄东赞跑了出来，让人把檀香木放在花园的池塘里。他指着下沉的一头说：“这下沉的一头是根，那浮着的一头是梢。”皇帝连连点头。

最后，皇帝在使臣们面前放了一块很大的玉石，要他们用线从洞眼的这头穿到那头。这个洞眼很小，而且从这头到那头，要经过一条曲曲弯弯的很长很长的孔道。使臣们一个个试着用线去穿，却怎么也穿不过去。禄东赞也在一边感到为难。忽然，他见地上有只蚂蚁，便心生一计，忙把丝线拴在蚂蚁的腰上，然后把它放到孔眼上，对着蚂蚁慢慢吹气。在孔眼的那一头，他则放了一些蜜糖。那蚂蚁闻到蜜糖的味道，就扭动着腰肢，努力地向前爬着。就这样，把丝线穿了过去。

皇帝见三道难题全让禄东赞解了出来，心想：一个使臣都这么聪明能干，那么吐蕃王一定更加出类拔萃了。于是，他就答应把文成公主嫁到吐蕃去。

鲁智深隔河尝果

有一年秋天，梁山好汉鲁智深被官兵连日追逐，迫不得已，逃进荒山野岭。他见前面不远处有一大片树林，果实累累。鲁智深快步朝那树林奔去，不料被一条长长的小河挡住了去路。这条小河河面虽不很宽，但水流湍急，更兼两岸陡峭、荆棘丛生。鲁智深只能望着对岸的果树干着急。

这时，鲁智深看到对岸一群猴子在树上爬上爬下，美美地饱餐着果子。他眼珠子一转，拾起小石块，向河对岸那些正在吃果子的猴群砸去。顽皮的猴子便学起他的样子，纷纷采下果子当石块回敬他。鲁智深哈哈大笑，拾起满地的果子，吃了个饱。

五两纹银一张纸

宋代著名画家米芾，小时候曾经跟村里的私塾先生学写字。学了三年，费了好多纸，却写得很平常，先生气得把他赶走了。

一天，一个赶考的秀才路过。米芾听说他字写得很好，就去求教。秀才说："要我教你，得用我的纸才行。我的纸五两纹银一张。"米芾吓得目瞪口呆。秀才说："不买我的纸就算了。"

米芾急了，忙说："我筹钱去。"母亲经不住米芾的苦苦哀求，只好把唯一的首饰当了五两纹银。秀才接过银子，把一张纸给了米芾。

这只不过是一张普通的纸，但米芾不敢轻易下笔，只是认真琢磨字帖。他用手在书桌上画着，想着每个字的间架结构和笔锋，渐渐入了迷。

半天后，秀才来了，问："怎么不写呢？"

米芾一惊，笔掉在地上，说："纸贵，怕废了纸。"

秀才笑道："你琢磨了这么半天，写个字我看看。"

米芾写了个"永"字，既和字帖上的字一样，又好像不一样，可漂亮了。

秀才说："写字不只是动笔，还要动心。你已经懂得窍门了。"

几天后，秀才要走了，送给米芾一个布包，并叮嘱要在他走后打开。米芾目送秀才远去，打开布包一看，原来是五两纹银！米芾不禁掉下了眼泪。后来，他一直把五两纹银放在书桌上，时刻铭记那位苦心教他写字的秀才。

米芾观画巧断案

米芾在安徽无为县任县令时,曾巧断过这样一件案子。

有个做买卖的李老汉,上县衙哭诉三家邻居赊欠了他的货款,赖账不还。一个邻居叫侯山,说要进一批山货,将李老汉的银子全借走了;另外两个邻居叫马有德和朱进城,说要帮李老汉换货,将他店里的货物悉数拿走了。结果,银两有借无还,货物有出无进,搞得他身无分文。

米芾便把三个邻居找来对质。他们都异口同声地说:"生意人讲究的是货银两讫,即使赊欠,也有凭证。他无凭无证,纯属诬告。"

李老汉连声叫屈:"大老爷明鉴,这三个恶邻欺小人目不识丁,所立借据都是伪证。幸亏我早作防备,记下账目,请大老爷审查。"说着呈上一卷画。

三个邻居也不相让,说道:"这种瞎涂乱画的东西算得了什么账目?"

米芾拿过画卷一看,见这几幅画虽然画得都很粗糙,但形象可辨。他端详了一会儿,就频频点头,若有所思,对三个邻居说道:"这画卷可是真凭实据,铁证如山,你们休得抵赖。"

三个邻居还是不认账。米芾指着一幅画说:"这里有只猴子背靠着一座大山在吃山货,难道不是你侯山赊欠他银子做山货生意吗?"

然后,他指着另一幅画说:"这匹驮货的马,蹄下有个婴儿,但是马屈着腿没有往婴儿身上踩下去,这不就是马有德吗?这马驮的货正是你马有德搬走的李老汉的货物。"

米芾又指着一幅画说:"看这头猪在城门内拱食,这些食物都是人吃的东西,明明是指你朱进城从李老汉店中搬走的货物。"

在审理此案时,米芾特地将李老汉的街坊邻居都找来旁听,其中不乏有正义感的人。因为以前他们觉得李老汉拿不出账目,又说不出画中的内容,所以有话也不敢说。现见米芾一眼看透了事情的真相,也就纷纷出头作证,说他们曾耳闻目睹三人向李老汉借过银两、搬过货物。三人生意越做越兴旺，李老汉却变成了穷光蛋。

米芾对着侯山等人斥责道："物证、人证俱在，你们还有何话要说？"

侯山、马有德、朱进城三人见抵赖不过，只得当堂将本息全数归还给李老汉。李老汉收回本钱，重整旗鼓，生意又兴旺起来。

朱丹溪两次催生

有位妇女难产，三天三夜生不下，疼痛难忍。朱丹溪被请到这户人家，只听产妇"喔唷、喔唷"在喊。他仔细听听，心中已明白几分。他顺手捡起地上一片梧桐叶，对产妇家里人说："拿这片树叶去煎，喝完就会生了。"产妇刚喝下不久，真的生下个胖娃娃。

第二年，隔壁院里另一个妇女也是整整三天三夜未生下孩子来，家人就煎梧桐叶给她喝。可是等啊等，还是不生。这家人急忙去请朱丹溪。朱丹溪看过产妇，开了张药方，说："得马上撮药煎服，到下半夜才生哩。"产妇服了药，疼痛减轻，到下半夜果真生下了孩子。

大家感到很奇怪。朱丹溪说："梧桐叶是没有药效的，因为你隔壁的产妇痛得狂喊，马上要分娩了，我用梧桐叶安安她的心。她是'意病'，安慰一下就行。你家产妇就不同了，她是真正难产，所以必须服催生药。"

刘伯温稻草之计

传说朱元璋与陈友谅大战于鄱阳湖的时候，陈友谅的战船都装有机关轮轴，只要一踏动机关，战船就像离弦的箭一样破浪前进。朱元璋不能取胜。军师刘伯温向朱元璋献上一计，朱元璋当即派士兵购买大批稻草。

第二日五更时分，细雨绵绵，雾气蒙蒙。朱元璋的水军接近陈友谅的水寨时，陈友谅才慌忙出战。双方的战船越靠越近。朱元璋一声令下，所有士兵都把船上的稻草抛入江中，然后向后退去。陈友谅不知是计，下令追击。谁知稻草缠绕轮轴，机关失灵，战船只能在湖中打转转，顿时乱成一团。

于是，朱元璋的水军就展开攻势，打败了对方。

解缙呈鱼上奏折

永乐皇帝闲来无事，想到江西吉安一带游玩。他传下圣旨，要吉州知府筑路修桥接驾。

刚刚考中进士的解缙得知此事，暗暗思忖：皇上每次巡游都奢侈挥霍，百姓税收加重，劳役陡增，这次一定要设法劝皇帝打消巡游的念头，使吉州百姓免受荼毒。于是，他连夜赶写了奏折，次日上朝，面奏皇上。

皇上一见奏文，勃然大怒："解缙，天子出游，乃施恩泽于民间，你因何阻挠？真乃狗胆包天！"解缙不慌不忙地说："皇上息怒。微臣上疏，实为龙体之安！皇上有所不知，吉州自古有'吉水急水'之称，那里山高无路，唯有从水路走，而水路并不安稳，水急浪大，岂不惊了圣驾？"

皇上说："我命吉州知府打造巨舟，岂有镇不住'急水'之理！"

解缙笑道："纵然有巨舟，却难过峡江县。江西有句俗话：'峡江峡江，压断手掌。'那里江窄暗礁多，莫说巨舟，就是竹排也很难通过。"说着，解缙招了招手，下官捧来一条扁鱼。解缙呈上，说："皇上请看，此鱼产于峡江，由于江窄，久而久之，连鱼身子也压扁了。"皇上一看，信以为真，便取消了游吉安的打算。

赵南星写状救民

高邑县有条槐河，河口有一面又长又陡的斜坡，过往车辆从坡上下来，宛如风驰电掣。

一次，一个赶车的拉了一车大灰，从坡顶上下来。村里有个刻薄的财主想趁机讹诈，便将一条死狗丢在半坡上，大车收不住，就从狗身上轧过去。

"好啊！你轧死了我的狗，你赔！你赔！"老财主硬要卸下车上的大灰来作赔偿。赶车的左看看，右瞧瞧，见明明是条死狗，便据理力争。过往的人也为赶车的抱不平。人越围越多，财主架不住众人的指责，又想依势压人，就说："走，见县老爷打官司去。"

恰好赵南星从这里经过，问明了情况，就给赶车的写了一张状子，叫他上堂后交给县官。

县官接过桩子一看，上面写道："里村坡，大又陡。大车下，如雷吼。死的不动，活的要走。不跑不走，定是死狗。"

看罢，县官指着财主喝道："大胆刁民，竟敢欺骗本官。里村坡又长又陡，大车下来，如雷猛吼，狗要是活的能听到不跑吗？来人哪！重打四十大板！"

皇帝宰相考郑堂

明代的宰相严嵩听说郑堂是个智慧过人的才子，就把他召进府内，以期观察。一次，严嵩设计了一个考题，想考核郑堂的才华。

一天傍晚，严嵩令家奴整理了一间大房间，但里头空空荡荡、一无所有。严嵩把郑堂及其他幕僚都带到这个房间，对他们说："这是一个空房间，限你们在一个晚上搬进东西，将房间填塞满。谁填塞得又满又快，谁就获胜。这次比赛事关重大，成绩最优者获本府甲级幕僚头衔，其次则是乙级、丙级，劣者不予录用。"

这时，那些幕僚分为两组，商议了起来。第一组认为，用沙袋一包一包地将整个房间填满；第二组认为，用稻草一捆一捆地将房间塞满。

独有郑堂没参加他们的商议，在角落里打瞌睡。严嵩叫家奴摇醒他，问他用什么办法可将房间填满。郑堂揉揉眼睛，从一个家奴手里接过亮堂堂的蜡烛说：

"用这个即可将房间填满。"

严嵩笑道:"这小小的蜡烛怎么填得满屋子呢?"

郑堂高举蜡烛,说:"相爷,这亮光不是把屋子填满了吗?"

严嵩赞扬郑堂,当众宣布郑堂为相府甲级幕僚。

严嵩收了福建一个著名才子的消息被嘉靖皇帝知道后,他传旨召郑堂进行殿试。皇帝说:"朕闻卿家诗词歌赋、琴棋书画样样精通,故今日拟召集京内百名画家同卿家赛画,卿家意下如何?"

郑堂跪答:"小臣才薄学浅,画技低劣,本不敢班门弄斧。今既蒙皇上垂爱,臣谨遵君命。"嘉靖传旨火速召集画家。

百名画家集中到宫殿后,嘉靖命太监取出一轴宽三尺长丈八的长卷横幅摆在地上,对众画家说:"这幅长卷看谁画得最快最好!规定要画上人物,至于要画多久,请大家议定。"

有的说要半个月,有的说要十天,有的说要三天,而郑堂却说只需半个时辰。嘉靖不信,命人摆上画桌、长卷和笔砚等,要郑堂当场挥毫作画。还没到半个时辰,郑堂果然把一幅丈八卷画好了。

画面的一端下角画上一个天真活泼的儿童在放风筝,画面的中间画上一丈长的风筝线。这条线一气呵成,若断若续,飘逸有致。整幅画布局谨严,儿童和风筝串在一起,栩栩如生,整个画面洋溢着岭南画派的风格。

众人都十分钦佩他。嘉靖原也在书画方面具有一定的素养,便当场宣布将郑堂的这幅长卷定为国宝,并赐金百两。

徐渭百文买一桃

徐渭,字文长,其书画对后世影响极大,与解缙、杨慎并称为"明朝三大才子"。

有一天,徐渭去买鲜桃,问了价钱,店主见他衣衫不整,就冷冷地说:"这桃不上秤，一百文钱一只，你买得起吗？"徐渭想，这个店主做生意很不讲规矩，得教训教训他。他就摸出一百文钱，买了只桃子。店主好不得意。

谁知徐渭买桃后，站在店门口不走了。凡顾客问价，他就举桃说："这桃子不上秤，一百文钱一只！"顾客听了，掉头就走。徐渭一连三天站在店门口，"一百文钱一只桃"的新闻传遍了绍兴城，谁也不来这家店买桃了。

店主一打听，才知他是徐渭，只好赔罪说："先生，都怪我瞎了眼。我把一百文钱还给你，再倒贴你一百文钱和十斤桃子好吗？请你高抬贵手，要不然，水果都要烂光了。"

徐渭把他教训了一顿，还了那只桃，谢绝他的"倒贴"，取回自己的一百文钱走了。

丘蒙放炮毁甘蔗

良峰山和浮山是南诏城西面的两座小山。良峰山是乱坟岗。浮山西北面是一片好园地，原是附近村民将无主荒坟地开垦出来的。财主三老爷伪造了一张山契，说这片地是属于他家的祖坟地。原来垦地的村民只好把土地和所种甘蔗一并交给他。

这年中秋节快到了，甘蔗长得特别好，三老爷得意忘形，逢人便夸耀今年甘蔗有一笔好收入，败不了。丘蒙知道后暗中骂道："不义之财，应该败掉！"他叫人四处宣扬，说他中秋夜赏月时，要在良峰山上放三门特制的大炮，并宣称炮身高一丈，围八尺。

中秋节一早，丘蒙果然在良峰山上摆了三门特制的大炮，全城都轰动了。傍晚，看热闹的人陆续来到。晚上，来了六个彪形大汉，登上良峰山，扛起三门大炮，往浮山那边跑去。看热闹的人像潮水般地跟着奔跑。突然，六个彪形大汉又把三门大炮扛回良峰山上，人们又跟着跑过去。这一来一往，都经过三老爷的甘蔗园，甘蔗倒掉不计其数。开始放炮了，又长又粗的导火线点上火，滋滋地喷射出火焰。人们怕被炸着，纷纷向浮山那边奔跑，又一次践踏了甘蔗园。导火线燃尽，大炮发出"啪、啪、啪"三下低沉、无力的响声。人们哄笑而散，都说丘蒙放大炮是骗人的把戏。谁也没留意，由于丘蒙这样一闹，三老爷的如意算盘就被众人踩毁了。

毕矮买十担膏药

明末清初，浙江兰溪壁峰有个聪明人，名叫毕矮。

某天晚上，毕矮的邻居小山头痛得厉害，只好半夜去兰溪女埠街药店买治头痛的膏药。被唤醒的老板听说只买一贴膏药，嫌生意小，不愿理睬，就又睡着了。

第二天一早，毕矮听说此事，就和小山邀了几个邻居，挑了十个箩筐去药店，叫着要买十担膏药。

老板陪着笑脸对毕矮说："老兄，要这么多头痛膏做啥？再说敝店一时哪里拿得出这么多来！"

毕矮说："昨晚小山头痛，连夜赶来买头痛膏，你嫌生意小不卖，现在我们买十担，这桩生意总算大啦，你又说拿不出这么多货来。哼，你开什么店，做什么生意！今天非要你说出个道理来不可！"

老板自知理屈，只好赔礼道歉，还在门上开了个小窗口，方便夜间来人买药。

安史明金汤解毒

从前，四川某镇开冷酒馆的皮福禄，为人吝啬、势利。一天，来了五六个挑粪的农民，进来想喝酒。皮福禄嫌臭，叫他们打了酒到铺外去吃。农民不肯，他便骂道："一帮臭挑粪的，也想在店里吃酒！还不趁早挑起黄汤走路！不要把老子惹火了,一张名片送你们到衙门打板子去!"农民们故意把粪挑子搁在店门口,说是去找水喝,就走了。

安史明看见了,进店买了壶酒,两碟拼盘,把一个精致的竹篮放在桌上,独自喝起酒来。一会儿,有个随从飞奔而来,说是家里有点急事。安史明匆忙随人走了。皮福禄见篮里装满了龙凤斋出的点心,口水直淌,顺手取出一块芝麻夹心糕,一尝,味道果然不错,忍不住又吃了几块。

一会儿,安史明回来了,一看少了好几块点心,急得大叫:"谁吃了点心?那是龙凤斋点心库专门用来药耗子的啊,人吃了一时三刻就没命啦!"

皮福禄一听慌了:"老爷,点心是我……我吃的……哎哟!"说着,他的肚子好像真的痛了起来。

安史明故作焦急地说:"快,快,快吃金汤,只有金汤才能解药性!"皮福禄问他啥叫金汤。安史明用手指指门口的几挑大粪说:"那不就是吗?要是再过一阵子,只怕就连金汤也解不了啦!"

皮福禄一听性命攸关,也顾不得了,闭着眼喝了两瓢。顿时翻肠倒肚,连黄水都吐了出来。

安史明这才说:"我叫安史明,刚才点心里并没有毒药。这次稍稍惩罚你一次,你要记住,臭的不是大粪,而是你这种粪蛆!"说罢提起点心篮走了。

郑板桥惩人怪法

清朝,潍县有个盐店商人捉到一个贩私盐的人,请知县郑板桥惩办。郑板桥见这人很苦,产生了同情心,就对盐商说:"你让我惩办他,枷起来示众如何?"

盐商同意了。于是郑板桥就叫衙役找来一张芦席,中间挖个圆洞当作枷,又拿来十几张纸,用笔画了很多竹子和兰草,贴在这长一丈、阔八尺的"芦枷"上,让这人戴上坐在盐店门口。

这样很多人都来看画,把盐店围得水泄不通,卖盐生意就无法做下去了。

这人在盐店门口待了十多天，盐商感到这样损失太大，就恳求郑板桥把那人放了。

庞振坤医治心病

庞振坤有个朋友王石头得了点小病，很是忧虑。

一天，王石头问老婆："我死后，你怎么办？"

老婆不高兴他说丧气话，没好气地说："你死了，我嫁给'老江'。"

在邓州方言里，老姜不指任何人。可是王石头想起邻村有个光棍叫老江，想来想去，更加忧虑，病得越来越厉害。

庞振坤听他老婆细说后，知道他害的是心病，就买了一小捆火纸，去看望王石头。

王石头看见火纸，生气地说："我还没死，你怎么拿火纸来给我吊孝？多亏你还识文断字！"

庞振坤故意说："看我慌的，怎么把给后庄老江吊孝的纸拿到你这里来了。"

王石头听说老江死了，也不吃药了，病很快就好了。

解士美巧骂财主

清朝乾隆年间，山西平阳府襄陵县京安镇的农民解士美，一天晌午从地里干活回来，见村口大树下有四个财主，手摇大蒲扇，靠在躺椅上，跷起二郎腿，边抽烟，边喝茶，边聊天。

宫财主抽了一袋烟，说："饭后一袋烟，赛过活神仙！"

牟财主呷了一口茶，说："烟后品品茶，美美气气呷！"

朱财主把扇子一摇说："能美气，就美气，哪怕美气一早起！"

苟财主把双眼一眯，说："能快活，就快活，哪管他人死和活！"

解士美一听，心里骂道：你们肩不挑，手不拿，吃自在，喝现成，爽得浑身流油还嫌不够，还要寻快活哩！好！待我也给你们来几句！

他咳嗽了一声，吐了口唾沫，清了清嗓子，吼开了："那天我从树旁过，碰见四个怪货：抬眼一望——哦哦哦，一个叼根干骨头，一个端杯尿水喝，一个扇着阴阳风，一个快死把眼合。我一口唾沫吐过去，惊呆四个怪货。原来是'公母猪狗'寻快活！"

有一回，解士美到洪洞县给一家财主打短工。他赶了一天路，肚子饿得直叫唤，谁知财主只给他两个剩窝头、半盆稀米汤、一棵蔫大葱。他也不计较，拿起就吃，好像填了牙缝，还没觉得饱就吃完了。

财主倒心疼坏啦，阴阳怪气地问："小伙子，府上是哪里呀？"

解士美答："远！襄陵县的京安镇。"

财主又问："听说京安有个恶眼人（方言，指人品太差的人），不知你认不认识？"

"你请说名字吧！"

"听说他叫'饿——死——鬼'！"

京安哪有这么个人？解士美一听，心想这哪是问人，明明是骂我嘛！看来，给这主儿干活，将来还不知要受多少窝囊气哩！干脆，不吃他这碗饭啦，给他点厉害看看！解士美就装作没听出话里的音，说："……嗯，就算知道吧。"

那财主一听，觉得好笑，又问："那他这会儿在干啥？"解士美把眼一闭，说："合眼窝啦！"财主把"合眼窝"当成是"死啦"，感到奇怪，就追问："因为啥？"

"唉！他受苦受累一辈子，偏生了个忤逆不孝的儿子。他儿子嫌他吃得多，一见面就骂他是'饿死鬼'。你想，当老子的拿血汗养活他，怎能受得下这种窝囊气？所以，一生气，就把眼窝全合住啦！"

财主愣了。

纪晓岚巧胜刘墉

有一天，纪晓岚、刘墉和乾隆皇帝闲谈。

纪晓岚问刘墉："你们山东的萝卜有多大？"刘墉比划着说有多大多大。纪晓岚说，他们直隶的萝卜比山东的还要大，两人争吵了起来。乾隆叫他们别吵，在某天每人找一个萝卜来。

这一天，刘墉派人把一个又大又白的萝卜抬到大厅上，把两个差人累得满头大汗。

纪晓岚来了，在袄袖里把一个手指粗的小萝卜拿了出来，说："可把我累坏了！跑遍了全省才找来！直隶太穷了！"

乾隆说："直隶穷，少纳粮；山东富，多纳粮！"刘墉这才知道上当了。